KB078042

스페셜 원

가장 특별한 감독

스페셜 원: 가장 특별한 감독 2

스틸펜 장편소설

초판 1쇄 찍은 날 § 2019년 10월 21일
초판 1쇄 펴낸 날 § 2019년 10월 28일

지은이 § 스틸펜
펴낸이 § 서경석

총괄팀장 § 노종아
편집책임 § 박현성
편집 § 강민구
디자인 § 소소연

펴낸곳 § 도서출판 청어람
등록번호 § 제387-1999-000006호
등록일자 § 1999. 5. 31
어람번호 § 제1-3056호

주소 § 경기도 부천시 부일로 483번길 40 서경B/D 3F (우) 14640
전화 § 032-656-4452 팩스 § 032-656-4453
http://www.chungeoram.com
E-mail § chungeorambook@daum.net

ⓒ 스틸펜, 2019

ISBN 979-11-04-92076-9 04810
ISBN 979-11-04-92074-5 (세트)

스페셜 원

가장 특별한 감독

2

스틸펜 장편소설

FUSION FANTASTIC STORY

스페셜 원

가장 특별한 감독

CONTENTS

7 ROUND
챔피언스리그II

—아! 첼시와 토트넘 선수들이 충돌합니다!

—첼시의 감독이 알리의 먹살을 잡습니다! 난장판이에요!

알리의 신체는 188㎝에 80㎏으로 절대 작다고 할 수 없는 몸이었다. 눈앞의 원지석보다 살짝 더 큰 수준이었으니까.

그런 델레 알리의 몸이 들어 올려졌다.

"켁켁!"

알리가 괴로움의 기침을 토하자 그제야 첼시 선수들이 원지석에게 달려들었다. 이 미친놈이 무슨 짓을 저지르기 전에

말려야 했다.

이바노비치같이 몸집이 큰 사람들도 붙었지만 알리를 잡은 손은 꿈쩍도 하지 않았다.

"진짜 사람 잡으려고 그래?!"

그 말에 원지석이 한숨을 쉬며 힘을 풀었다. 그러고는 뒤로 밀듯 던지자 균형을 잡지 못한 알리가 엉덩방아를 찧었다.

그런 델레 알리를 내려다보며 원지석이 자신의 머리를 손가락으로 툭툭 건드렸다. 정신 차리라는 제스처였다.

몸을 돌린 원지석이 경기장을 떠났다.

방금 있었던 일 때문인지, 아니면 그의 분위기가 너무 스산했던 건지.

앞에 있던 사람들이 서둘러 몸을 비켰다. 현대판 모세의 기적은 카메라를 통해 모든 사람들이 볼 수 있었다.

「[BBC] 레스터 시티 우승!! 동화를 완성시키다!」

「[BBC] 첼시, 토트넘을 잡고 챔피언스리그 티켓을 따내다」

「[스카이스포츠] 경기 후 싸움이 일어난 첼시와 토트넘」

첼시가 토트넘을 잡았기 때문에 레스터의 우승은 확정되었다.

그와 동시에 첼시와 토트넘의 충돌 역시 언론에 대서특필

되었다. 특히 원지석이 알리의 멱살을 잡은 모습이 말이다.

이후 기자회견에서 원지석은 자신의 실수를 인정했다.

"예. 하면 안 될 짓이었습니다. 상황을 진정시키는 게 아닌 불에 기름을 끼얹는 행동이었으니까요. 제 잘못입니다."

양 팀이 주먹질을 하지 않았다는 게 다행이었다.

"하지만 그것과는 별개로 오늘 경기는 최악이었습니다. 아니, 정확히는 오늘 주심인 클라텐버그가요."

원지석은 그렇게 말하며 눈살을 찌푸렸다.

그는 클라텐버그를 비판했다.

"토트넘이 받은 옐로카드만 9장입니다. 새로운 기록을 세운 경기이자, 놀랍게도 단 한 명의 퇴장도 없던 경기죠. 최소 세 명은 퇴장당했어야 할 경기였습니다."

"이번 발언으로 협회에서 징계가 내려질 수도 있을 텐데, 괜찮으세요?"

한 기자의 말에 원지석은 무슨 대수냐며 고개를 끄덕였다.

"그래도 상관없습니다. 단언하건대, 클라텐버그는 오늘 자신의 모습을 보며 수치스러운 줄 알아야 합니다."

결국 경기가 끝나고서도 논란은 쉽게 가라앉지 않았다.

이에 대해 FA는 간결한 답변을 내놓았다.

「[오피셜] 첼시 감독대행 원지석, 3경기 징계」

남은 일정이 세 경기인 상황에서 받은 징계.

시즌 아웃이었다.

*　　　　　*　　　　　*

수석 코치인 스티브 홀랜드도 퇴장을 당했기에 더욱 좋지 않은 상황이었다. 하지만 그것은 리그 한정이었고, 다음 경기인 바이에른 뮌헨전에선 상관없는 이야기였다.

뮌헨전을 앞두며 원지석은 새로운 별명을 얻게 되었다.

피치 위의 마스티프.

투견 같은 그 모습에 사람들은 고개를 끄덕였다.

사실은 첼시 구단 내에서 쓰이던 게 기자들을 통해 널리 알려진 거지만, 아무렴 어떤가. 이제 사람들은 그가 만만하지 않다는 걸 알았다.

결국 찾아온 챔피언스리그 4강.

첫 경기는 뮌헨의 홈인 알리안츠 아레나였다.

굉장히 치열했던 토트넘전 이후 충분한 휴식이 주어지지 않았기에 선수들의 몸은 무거워 보였다. 특히 아자르와 코스타는 상대 수비진에 묶여 이렇다 할 활약을 보이지 못했다.

하지만 첼시의 압박은 매우 짜임새 있는 조직력을 보였다.

몸을 날리는 허슬플레이로 패스를 끊는 장면 또한 많이 볼 수 있었다.

변화는 후반에 일어났다.

펩이 벤치에 있던 리베리와 뮐러를 투입시킨 것이다.

리베리와 뮐러는 뮌헨에서도 핵심으로 분류되는 선수들이었다. 원지석은 그 교체를 펩의 승부수로 보았다.

'한 골이면 되는데.'

겨우 한 골일지라도 그게 원정골이라면 그 무게감이 다르다. 그는 포커 판의 선수처럼 자신이 가진 카드들을 만지작거렸다.

'우리도 간다.'

첼시도 교체가 이루어졌다.

윙백인 하미레스를 빼고 그 자리에 페드로를, 세스크 파브레가스를 뺀 자리에는 앤디가 투입되었다.

"고생했어요."

벤치로 들어오는 세스크를 안아준 원지석이 경기를 주시했다. 서로 칼을 빼 들었다. 누구의 칼날이 먼저 닿느냐의 문제였다.

하지만 상황은 원지석이 바라는 대로 흘러가지 않았다.

오히려 뮌헨이 먼저 골을 터뜨렸기 때문이다.

—골! 레반도프스키의 패스를 받은 뮐러가 골을 넣습니다!!

—자신이 수비수들을 끌어모으며 뮐러가 쉽게 들어가도록 해줬습니다. 아주 명석한 플레이였어요.

"괜찮아! 겨우 한 골이야!"

원지석이 박수를 치며 수비진들을 격려했다.

하지만 상황은 점점 최악으로 치달았다.

이후 리베리의 돌파를 막던 바바 라만이 페널티에어리어에서 파울을 저질러 PK를 내준 것이다.

—아, 오늘 계속 잔실수를 하던 바바 라만이 결국 PK를 내주고 맙니다.

—키커로는 레반도프스키가 나왔군요.

레반도프스키의 슛은 골키퍼의 손을 아슬아슬하게 피하며 골 망을 흔들었다. 쿠르트아가 아쉬움에 잔디를 쳤지만 이미 골은 들어간 뒤였다.

한 골과 두 골이란 차이는 크다.

그럼에도 첼시 선수들은 경기를 포기하지 않았다. 2차전을 위해서라도 차이를 좁혀야 했다. 더군다나 벤치에서 무섭게 소리치는 원지석도 적지 않은 존재감을 나타냈다.

"2차전은 안 뛸 거냐? 어?!"

벤치로 내려가고 싶은 놈은 말만 하라는 듯 원지석은 선수들의 정신을 각성시켰다.

하지만 기어코 쐐기 골이 터졌다.

—아, 리베리의 환상적인 골! 멀리서 찬 공이 휘어 들어갔습니다!

—오늘 뮌헨은 왜 자신이 챔피언스리그 우승 후보인지를 보여주고 있습니다. 최근 첼시의 상승세가 무서웠지만, 결국 한계를 확인하는군요.

—다음 경기에서 첼시가 이 상황을 뒤집으려면 기적이 필요할 거 같습니다.

1차전이 끝났다.

3 : 0.

첼시의 패배였다.

—게임 오버입니다.

해설진이 한 말은 첼시가 처한 상황이 그만큼 최악이라는 걸 알려주었다. 아무리 원정이라고 해도, 세 골이나 두들겨 맞았으니 언론 또한 시끄러웠다.

「[텔레그래프] 펩에게 축구 레슨을 받은 원지석」
「[가디언] 세 골과 함께 침몰한 첼시」

결국 토트넘전에서 휴식을 주지 않은 원지석은 비판을 피하지 못했다. 아무리 상황을 감안하더라도 무리수라는 비판을.

이후 물어뜯길 거리가 생긴 만큼 원지석 거품론이라는 기사가 올라오는 상황이었다.

그러는 사이 찾아온 리그 경기.

최악의 상황을 앞두고 원지석은 로테이션을 대거 실행했다. 11명의 선수를 모두. 골키퍼까지 벤치를 지키던 베고비치가 장갑을 꼈다.

감독도, 수석 코치도 없이 경기를 치르는 첼시.

상대는 리그에 잔류하기 위해 사력을 다하는 선덜랜드였다.

이번에도 첼시는 졌다.

관중석에서 그 모습을 보던 원지석이 고개를 저었다. 백업 스트라이커인 로익 레미는 아무것도 하지 못하며 경기에서 사라지는 마술을 보여주었다.

원지석은 없었지만, 그의 부임 이후 첫 2연패이자 리그에서 당한 첫 패배였다.

자력으로 챔피언스리그 티켓을 따낸 상황이라는 게 다행이었다. 그렇지 않았으면 그 후폭풍은 더욱 거셌을 것이다.

그리고 맞이한 뮌헨과의 2차전.

이미 경기를 체념한 팬들이 많았다. 그만큼 뮌헨은 강팀이었고, 펩은 이 기회를 놓치지 않을 감독이기 때문이다.

하지만 승리를 포기하지 않는 사람 역시 있었다.

원지석 또한 그런 사람 중 하나였다.

축구공은 둥글다. 어떠한 일이 일어나도 이상하지 않았다. 거기다 이미 세 골 차이를 뒤집은 경기 역시 있지 않은가.

기적이라 불리는 경기들이.

"그래도 세 골 차이면 다행이네요."

원지석이 피식 웃으며 말했다.

선수들은 말없이 그를 보고 있었다.

첼시의 라커 룸 분위기는 전에 없이 숙연했다.

"네 골 차이든, 다섯 골 차이든 이제 겨우 반입니다. 끝이라고 생각하면 거기가 끝이죠."

머리를 긁적거린 원지석이 벽에 몸을 기댔다.

오늘 그의 말은 열정적이지 않았다. 소리를 치지도 않았다. 무언가를 부수지도 않았다.

"오늘 우리가 여기서 이긴다면, 이 경기는 훗날 기적이라 불리겠죠. 리아소르의 기적처럼."

리아소르의 기적.

03/04 시즌 챔피언스리그 8강에서 일어난 일이었다.

전 시즌 유럽 챔피언인 AC밀란을 상대로 데포르티보는 1차전에서 4 : 1이라는 처참한 패배를 당했다.

누구도 AC밀란의 진출을 의심하지 않았다. 그만큼 당시 밀란은 강했고, 수많은 스타들이 스쿼드에 포진했었다.

그리고 맞이한 2차전에서 데포르티보는 4골을 넣으며 경기를 뒤집는 데 성공했다. 물론 이런 일이 자주 나오는 것은 아니었다. 그렇기에 기적이라 불리는 것이다.

"기적은 누군가가 주는 게 아니라고 생각해요. 우리가 만드는 거죠."

후우.

숨을 내쉰 원지석이 벽에서 등을 뗐다.

선수들은 그 어느 때보다 자신의 말에 집중하고 있었다. 겁을 먹지도, 그렇다고 과한 의욕을 보이지도 않았다. 담금질을 하듯 지금은 차갑게 식힌 상황이었다.

"가요. 저 녀석들에게서 기적을 강탈하러."

*   *   *

―첼시와 뮌헨의 2차전이 시작됩니다. 3골 차인 첼시에겐 매우 힘든 싸움이 예상되는 경기군요.

―더군다나 펩 또한 공격적이기보단 안정적인 라인업을 들고 왔습니다. 덫을 치듯 첼시가 들어오길 기다리고 있을 겁니다.

극도의 패스플레이가 가져오는 장점은 뭐니 뭐니 해도 점유율에 있었다.

상대 선수들이 공을 가지고 있지 못하게 하는 것. 이런 상황에선 그 장점이 두드러진다.

그에 대비해 원지석이 가져온 전술은 망치였다.

점유율? 하라고 해라.

대신 우리는 너희들의 머리통을 노릴 테니.

―세스크, 길게 띄워줍니다!

파브레가스의 환상적인 롱패스가 측면을 길게 노렸다. 수비수들도 따라가기에는 조금 거리가 있는 상황, 그때 누구보다 빠르게 공을 잡은 사람이 있었다.

아자르였다.

공을 받은 아자르는 우측 풀백인 필립 람을 지나치며 곧장 페널티박스로 파고들기 시작했다. 중앙수비수인 제롬 보아텡이 그 앞을 막아섰다.

아자르는 슬쩍 옆으로 공을 흘렸다.

공을 받은 사람은 앤디였다. 앤디는 공을 소유하는 대신 몸을 돌렸다. 등을 지는 포스트플레이? 아니었다.

소년은 뒤꿈치로 다시 아자르에게 패스를 했다.

보는 사람이 감탄할 환상적인 힐킥이었다.

제롬 보아텡이 아자르를 막기 위해 나간 빈자리는 컸다. 하비 마르티네즈가 공을 커버하려 했지만, 처음부터 아자르는 발을 멈추지 않았다.

—아자르! 아자르!!

해설진이 공을 향해 뛰어가는 그의 이름을 계속해서 소리쳤다.

이쯤 되면 거창한 스킬은 필요하지 않았다.

아자르가 인사이드로 공을 감아 찼다.

그 휘는 궤적에 모두가 입을 벌렸다.

철썩!

—아자르!! 결국 골을 만듭니다, 골!

—앤디와 만들어낸 환상적인 골!

골 셀레브레이션을 생략한 아자르가 공을 들고선 서둘러 자리로 복귀했다.

경기가 시작하고 5분 만에 들어간 골이었다.

이제 남은 것은 두 골.

첼시 선수들이 이를 악물며 경기장을 뛰었다. 원지석의 말처럼 그들은 오늘 승리를 빼앗으려는 도적들이었다.

뮌헨도 마냥 당하기만 한 것은 아니었다.

그들의 공격은 매우 위협적이었다. 특히 공간을 기가 막히게 이용하는 뮐러는 수비수들에게 있어 큰 부담이 되었다.

"못 가, 인마!"

하미레스의 부상으로 대신 선발 라인업에 뽑힌 킴이 뮐러를 거칠게 막아섰다. 그것을 버틴 뮐러가 앞으로 나아가려 하자, 킴이 몸을 던지며 슬라이딩태클을 했다.

—킴! 공만 빼앗는 깔끔한 태클이었습니다!

—자칫 발에 걸렸으면 레드카드가 나올 상황이었는데 아주 용감하고, 기술적인 태클이군요!

해설진들도 그 태클에 감탄하는 사이 공은 다시 첼시의 소유가 되었다.

이번에도 첼시의 선봉은 아자르가 맡았다. 공을 몰고 달리는 그를 보며 바이에른의 선수들이 달려들었다.

삐익!

결국 비달의 거친 태클이 파울로 인정되었다. 탄력이 붙기 전에 차단한 것이다.

세트피스 키커로는 앤디와 파브레가스가 섰다.

아무도 소년이 공을 찰 거란 생각을 하지 않았다. 그만큼 먼 거리였기 때문이다. 하프라인 바로 옆에 있다고 봐도 무방했다.

"앤디!"

그때 자신을 부르는 소리에 앤디가 고개를 돌렸다. 원지석이었다. 위치가 하프라인 근처이다 보니 그가 무엇을 하는지 또렷하게 볼 수 있었다.

원지석은 손으로 눈을 가리는 시늉을 하며 소년이 무엇을 찰지를 지시했다.

"정말요?"

그 말에 원지석이 고개를 끄덕였다.

옆에서 둘을 지켜본 펩 과르디올라가 어이가 없다는 듯 말했다.

"가능하겠나?"

원지석은 대답 대신 검지를 입에 가져갔다. 조용히 하라는 제스처에 과르디올라가 고개를 저으며 어깨를 으쓱였다.

삐익!

심판의 휘슬이 울렸다.

동시에 눈을 감은 앤디가 달리기 시작했다.

쾅!

여린 몸과는 달리 매우 강한 소리가 울렸다.

공은 관중석을 노리듯 하늘 높이 떠올랐다. 모두가 관중석에 들어갈 공을 예상했다.

그때.

공은 그 회전을 멈추었다.

갑자기 떨어지는 만큼 그 낙차는 컸다. 앞에 나와 있던 노이어 골키퍼가 황급히 돌아가며 몸을 날렸다. 하지만 잔디에 한 번 튕긴 공은 높이 떠오르며 그 손을 피했다.

삐이이익!

와아아아!

골을 인정하는 휘슬과 홈 팬들의 함성 소리가 경기장을 흔들었다.

어이가 없다는 듯 자신의 매끈한 머리를 만지는 과르디올라를 보며, 원지석이 어깨를 으쓱이고는 말했다.

"가능하네요."

이제 한 골 차이였다.

＊　　　　＊　　　　＊

첼시의 홈인 스탬포드 브릿지는 팬들의 함성이 쩌렁쩌렁 울리는 중이었다.

세 골 차.

벌써 두 골이 들어갔다. 넘지 못할 것만 같았던 그 벽을 올라타는 첼시의 선수들은 살벌한 기세를 풍겼다.

"한 골만 더 넣으면 돼!"

이미 분위기는 첼시의 것이었다. 제대로 흐름을 탄 그들은 계속해서 뮌헨의 골문을 두드렸다. 노이어의 놀라운 선방이 아니었으면 이미 골을 만들고도 남았을 것이다.

특히 파브레가스와 앤디는 매우 좋은 활약을 보여주며 첼시의 공격이 끊어지지 않도록 도왔다.

―오늘 둘의 퍼포먼스만으로도 바이에른의 중원에 밀리지 않을 정도입니다.

그 앞에서 공을 받는 사람들은 아자르와 코스타였다. 둘이 페널티에어리어를 서성인다면 그 밖에선 페드로가 있었다. 언제라도 중거리슛을 쏠 수 있게 말이다.

경기도 어느덧 60분을 지나고 있었다.

슬슬 선수들의 체력이 떨어질 무렵, 파브레가스의 날카로운 패스가 그런 바이에른의 중원을 뚫었다.

패스를 받은 것은 페드로였다.

그는 자신의 장기인 측면에서 감아올리는 중거리슛을 올렸다.

노이어가 반응하기엔 늦은 상황. 모든 사람들이 숨죽이며 공의 궤적을 보았다.

텅!

하지만 공은 골 망이 아닌 골대에 부딪치며 튕기고 말았다. 팬들의 탄식 소리가 깊게 울렸다.

"다 비켜!"

그때 공을 향해 달려가는 사람이 있었다.

무서운 얼굴로 공을 노려보는 사나이, 이번 시즌 후반기부터 절정의 골감각을 자랑하는 디에고 코스타가 말이다.

"내 거 건들면 다 죽인다!"

"뭐라는 거야, 또라이가!"

코스타를 마크하던 하비 마르티네즈가 눈살을 찌푸리며 코스타의 셔츠를 붙잡았다. 주심이 봤으면 PK를 불렀을 상황이지만, 교묘하게 옆구리를 잡았기에 걸리지 않았다.

그럼에도 코스타는 멈추지 않았다.

셔츠가 늘어져도 그는 이를 악물며 공을 향해 뛰었다.

경기장에서 구설수를 만들어내는 악동이지만, 원지석이 계속해서 코스타를 선발 라인업에 기용하는 이유가 여기 있었다.

코스타는 뛰어난 골잡이였다.

그리고 한번 문 것은 놓지 않는 짐승이었다.

쾅!

몸의 중심이 무너지자 코스타는 기어코 몸을 날렸다. 보는 사람들이 멍하니 입을 벌릴 정도로 환상적인 시저스킥이었다.

'골이냐?'

잔디에 떨어지면서도 코스타의 눈은 공에서 떨어지지 않았다.

골문을 벗어나던 공은 다시 그 안을 향해 들어가는 중이었다. 슛 각도를 좁히기 위해 나와 있던 노이어를 지나치며 말이다.

철썩!

와아아아!

팬들이 함성과 함께 몸을 일으키자 스탬포드 브릿지가 지진이라도 난 것처럼 흔들렸다.

디에고! 디에고! 디에고!

팬들의 외침에 코스타가 귀에 손을 대며 머리를 내밀었다. 더 크게 자신의 이름을 외치라는 셀레브레이션은 팬들을 더욱 뜨겁게 달궜다.

—미쳤습니다! 첼시가 기어코 세 골을 넣으며 동점을 만들어냅니다!

—코스타의 방금 슛은 정말 동물 같았습니다. 푸스카스상 후보에 이 골이 들어가지 않으면 이상할 정도로 말이죠!

푸스카스상은 한 해 동안 가장 멋진 골을 넣은 선수에게 주어지는 상이었다.

스코어는 3 : 3.

동점이 되자 바이에른도 더 이상 여유를 부릴 상황이 아니었다. 과르디올라는 왼쪽 풀백인 베르나트를 코망으로 교체하며 더욱 공격적인 전술로 바꿨다.

원지석이 노리던 순간이기도 했다.

1차전에서 원지석은 공격력 강화를 위해 하미레스 대신 페드로를 넣은 적이 있었다. 결과적으로 그 카드는 실패였다.

이번에는 과르디올라가 그 카드를 꺼냈다.

'덫에 걸렸구나!'

원지석은 곧바로 앤디에게 손짓했다.

이때를 대비해 첼시 선수들 또한 미리 전술을 숙지한 상황이었다.

앤디가 오른쪽 측면으로 자리를 옮겼다. 원래는 베르나트가 있었지만, 이제는 킹슬리 코망이 있는 자리에 말이다.

그리고 파브레가스의 옆에는 조금 더 전진한 킴이 섰다.

사실상 기울어진 433이라고 봐도 좋을 것이다. 그러다 수비를 할 때는 다시 쓰리백으로 돌아가는 식이었다.

공을 받은 앤디가 윙어처럼 측면을 돌파했다. 코망이 수비하기 위해 따라붙었지만 공을 뺏기에는 무리였다.

결국 사비 알론소가 수비를 돕기 위해 앤디에게 압박을 가했다. 이것이 바로 첼시가 노리던 장면이었다.

몸을 멈추고 방향을 한 번 접은 앤디가 곧바로 공을 올렸다. 이미 아자르가 반대편을 질주하고 있던 것을 알고 있는 상황이었기에 막힘없는 크로스가 길게 뻗어 나갔다.

왼쪽 측면을 고속도로 위의 스포츠카처럼 달린 아자르가 그 공을 보며 높게 뛰어올랐다.

170cm.

헤딩을 하기엔 작다고 할 수 있는 키였다.

그럼에도 공은 아자르의 머리를 정확히 맞추었다. 그만큼 정확한 크로스와 좋은 타이밍이었다.

―골! 아자르의 헤딩골!! 결국 역전에 성공하는 첼시입니다!

―하하, 기적이 일어났어요!

스코어는 4 : 3.

이제 바이에른은 라인을 잔뜩 올리며 공격에 나섰다. 그게 효과가 없는 것은 아니었다. 측면의 리베리와 코망을 맞서며 킴이 매우 힘들어하는 모습을 보였기 때문이다.

"조금만 더 참아!"

원지석이 수비진을 격려했다.

현재 시간은 80분.

10분만 더 버티면 첼시의 결승 진출이었다.

하지만 기어코 골이 터졌다.

리베리와 코망, 그리고 레반도프스키가 만들어낸 환상적인 작품이었다.

먼저 코망이 킴을 앞두고 있을 때 그 사이를 리베리가 돌파했다.

그것을 보며 코망이 패스를 찔러줬고, 오프사이드트랩을 뚫은 리베리가 그대로 페널티에어리어에 진입하며 슈팅 기회를 노리려 할 때였다.

이미 자리를 잡은 아스필리쿠에타가 뒷짐을 지며 그런 리베리 앞을 막았다. 케이힐과 주마는 뮐러와 레반도프스키를 마크하는 중이었다.

그때 레반도프스키가 뒤로 빠지며 패스를 받기 위한 공간을 만들었다.

리베리는 주저 없이 그에게 공을 주었고, 레반도프스키는 거리가 있지만 슛을 하며 골을 성공시켰다.

─레반도프스키의 강력한 골! 결국 뮌헨이 골을 만들어냅니다!

─이렇게 되면 원정골 때문에 진출하는 것은 바이에른이 됩니다. 남은 시간 동안 첼시가 골을 넣을 수 있을까요?

총합 스코어는 4 : 4.

하지만 원정골을 넣은 뮌헨에게 유리한 상황이었다.

이제 경기는 막바지인 89분.

추가시간으로 3분이 주어졌으니 사실상 4분 안에 골을 넣어야만 했다.

"뭘 그러고 있어! 이쯤이면 잘했다고 만족할 거냐? 좆 까는 생각 집어치우고 다시 뛰어! 한 골이 부족하면 한 골을 더 넣으면 되지!"

원지석이 멍하니 있는 선수들에게 소리를 질렀다.

"끝났다고 생각할 때가 진짜 끝인 거야!"

하프라인에서 멍하니 있던 디에고 코스타가 고개를 저었다. 옆에 있던 앤디는 머리를 긁적이며 웃었다.

"감독님이 저러는데 어쩌겠어요. 한 골 더 넣어야지."

"그래, 가자, 가."

코스타가 껄껄 웃으며 앤디의 머리를 헝클어뜨렸다. 둘의 그런 웃음은 팀에 전염되었다. 다른 첼시 선수들도 낄낄거리며 웃기 시작한 것이다.

"미친놈들."

바로 앞에서 그 광경을 보던 리베리가 질렸다는 듯 중얼거렸다.

하지만 이제 그들에게 기회는 없었다. 한 번 벼랑 끝에 몰렸던 만큼, 바이에른이란 팀은 다시 그런 실수를 할 팀이 아니었다.

삐익!

경기 재개를 알리는 휘슬 소리가 울렸다.

첼시 선수들이 공을 돌리며 다시 경기가 시작되었다.

뮌헨의 선수들은 파브레가스와 앤디를 집중적으로 마크했다. 이 둘이 아니면 공격진에 패스가 가지 않는다는 걸 뼈저리게 깨달았기 때문이다.

그때 전진한 것은 킴이었다. 한결 수월해진 틈을 타 킴은 우측 터치라인을 따라 미친 듯이 달리기 시작했다.

—시간이 얼마 남지 않았습니다. 이제 2분 정도가 남았군요.

상대 진영 깊숙이 들어온 킴이 패스를 하기 위해 고개를 두리번거렸다. 하지만 이미 바이에른 쪽에서 엉덩이를 내리고 수비를 두텁게 한 터라 공을 줄 곳은 쉽게 보이지 않았다.

'이럴 때는.'

유소년일 때나, 프로축구에서나.

킴은 딱히 공을 줄 곳이 없는 경우 어떻게 해야 하는지 잘 알고 있었다.

"야, 받아!"

패스를 받은 사람은 앤디였다.

성인도 되지 않은 나이에 팀의 주전으로 자리 잡은 유망주. 세계적인 거함 바이에른도 그 소년의 플레이에 애를 먹을 정도였다.

자신을 향해 달려드는 뮌헨의 선수들이 보였다.

그런 상황 속에서 앤디는 눈을 감았다.

프리킥 상황에서만 눈을 감던 그가, 이런 급박한 상황에서 눈을 감은 적은 처음이었다.

'느껴져.'

홈 팬들의 응원 소리, 이쪽을 향해 뛰어오는 뮌헨 선수들의 발소리와 숨소리. 그리고 귓가를 파고드는 원지석의 외침 또한.

"차!"

앤디가 찬 공이 페널티에어리어를 향했다.

어디로 가는가? 골문을 직접 노리는가?

혹은 그 앞에서 서성거리는 코스타와 페드로에게?

모두 아니었다.

땅에 떨어지며 역회전이 걸린 공은, 갑자기 튀어나온 아자르가 잡아챘다.

─아자르! 둘도 없는 기회입니다! 아자르으으으!

─아아아아! 골이에요! 거리가 있지만 골을 성공시킵니다! 해트트릭! 머리와 왼발, 오른발로 골을 넣은 퍼펙트 해트트릭!

아자르가 관중석을 향해 달렸다.

아니, 아자르만이 아니었다.

다른 첼시 선수들 또한 그 뒤를 따라 달리다 잔디에 슬라이딩을 하는 셀레브레이션을 보여주었다.

와아아!

첼시! 첼시! 첼시!

홈 팬들은 계속해서 벌어진 역전극에 정신을 차리지 못했다. 흡사 광기마저 느껴질 정도로 그들은 아자르의 골에 취해 있었다.

삐이익!

경기 종료를 알리는 휘슬이 길게 울렸다.

총합 스코어는 5 : 4.

역전의 역전을 거듭한.

스탬포드 브릿지에서 기적을 기록한 첼시 선수들의 승리였다.

*　　　　*　　　　*

「[BBC] 환상적인 역전 끝에 결승전에 올라간 첼시!」

「[스카이스포츠] 축구 역사에 남을 명경기」

「[가디언] 스탬포드 브릿지의 기적!」

「[키커] 과르디올라, 아쉽지만 이런 게 축구」

역전에 역전을 거듭한 첼시의 승리.

모두가 이 경기에 충격을 받았고, 열광했다.

한 칼럼니스트가 축구를 잘 모르는 사람에게 이 경기를 보여줘야 한다고 말할 정도로, 두 팀의 경기는 극찬을 받았다.

원지석이 보여준 모습 또한 많은 화제를 일으켰다.

─이 경기를 직접 가서 본 건 인생의 행운이야.

─그런데 원 진짜 열심히 하더라. 근처에 있긴 했어도 그가 말하는 게 다 들릴 정도였어!

이러한 것은 인터넷만이 아닌, 적장인 펩 과르디올라마저 언급했다.

"옆에 있었는데 귀가 아플 지경이었습니다. 하지만 그게 나쁘다는 말은 아니에요. 원은 굉장히 전투적이며, 똑똑한 감독입니다. 그와 다시 마주할 날이 기대되는군요."

믹스트 존에 들어온 원지석의 얼굴은 의외로 무덤덤해 보였다.

"바이에른은 매우 강한 팀이었어요. 정말 힘들었고, 그런만큼 제 선수들이 자랑스럽습니다."

"의외로 감정에 변화가 없으신 거 같은데? 기쁘지 않으신가요?"

"기쁩니다. 환상적이죠. 하지만 여기서 샴페인을 따고 싶지는 않군요."

"그 말은?"

카메라에 잡힌 원지석의 눈은 단호했다.

"우리는 빅이어를 샴페인 잔으로 쓸 겁니다."

빅이어(Big Ear).

챔피언스리그의 우승 트로피를 달리 말하는 명칭.

강등권에서 허덕이던 팀은 이제 유럽 챔피언을 노리고 있었다.

그렇다면 그 상대는 누구인가.

「[마르카] 레알 마드리드, 맨 시티를 꺾고 결승 진출」

「[카데나 세르] 라 운데시마에 도전하는 레알」

「[ABC] 지단, 우리는 우승할 수 있다」

그런 그들의 상대는 레알 마드리드.

전임 감독 베니테즈의 경질 이후 부임한 지단 감독은 빠르게 팀을 수습했다.

그리고 이제는 11번째 빅이어를 노리면서 라 운데시마를 목전에 두게 된, 세계 최고의 축구 팀 중 하나였다.

8 ROUND
에이전트

챔피언스리그 결승전에서 맞붙는 레알과 첼시는 비슷한 점
이 있었다.

전임 감독이 부진한 성적 끝에 경질당하고, 그 후임은 프로
감독 경험이 없는 초짜였다.

차이가 있다면 선수 경력일 것이다. 지단이야 선수 시절 발
롱도르까지 받은 슈퍼스타였다지만, 원지석은 단 한 번도 선
수로서 뛰어본 적이 없다.

"감독과 선수는 다른 영역입니다."

원지석은 그렇게 말하며 선을 그었다.

실제로 선수 시절 때 큰 성공을 거두고, 이후 감독이 된 사람 중 그만큼의 성공을 맛본 사람은 얼마 되지 않는다.

그러는 와중에 리그도 마지막 경기가 찾아왔다.

상대 팀은 이번 시즌 우승을 차지하며 동화를 마무리 지은 레스터 시티.

지켜보는 원지석에겐 묘한 경기였다. 전반기 레스터와의 경기에선 첼시가 졌고, 그 결과 무리뉴의 목이 잘렸다. 그랬기에 원지석이 지휘봉을 잡을 수 있었던 거였고.

원지석은 아직 징계가 끝나지 않았기에 관중석에서 경기를 지켜보았다.

팀은 저번 경기부터 징계가 풀린 스티브 홀랜드가 대신 지휘를 맡았다.

그렇게 해서 나온 결과는 1 : 1의 무승부.

파란만장했던 15/16 시즌의 리그도 그 끝을 알렸다.

첼시 팬들에게 있어서 이번 시즌은 롤러코스터를 탄 기분일 것이다. 강등권을 오가다 후반기에 극적으로 챔피언스리그에 안착했다.

거기다 아직 챔피언스리그 결승전 또한 남은 상황이었다.

첼시 팬들은 묘한 기대감을 품게 되었다.

11/12 시즌처럼 다시 빅이어를 들 수 있지 않을까?

그때도 첼시는 리그를 6위로 마감하며 챔피언스리그에 모든 것을 건 상황이었다. 감독대행인 점도 같았고.

상황도 그때보다 나은 상황이었다. 당시 결승전 상대는 바이에른 뮌헨으로, 심지어 결승전 장소도 뮌헨의 홈인 알리안츠 아레나였다.

—만약 이번에도 우승하면 앞으로 챔스를 할 때만 감독을 경질하면 되겠군.

커뮤니티에는 그런 자조적인 농담이 생길 정도였다. 그렇게 결승전이 다가올수록 점점 뜨거워지는 화두가 하나 있었다.

「[텔레그래프] 이번 시즌이 끝나고 첼시를 떠나는 원지석?」

첼시에 한해서 매우 좋은 공신력을 자랑하는 맷 로가 쓴 기사.

내용은 이랬다. 첼시 구단이나 원지석이나 계약에 대해 미적지근한 반응이라는 것이다.

보드진이 현재 원지석과 이탈리아 감독인 안토니오 콘테를 저울질하고 있다는 게 그 이유였다.

이번 유로를 끝으로 이탈리아 감독직에서 내려오는 콘테는 현재 첼시와 강하게 링크되는 중이었다. 하지만 그 소식을 반기지 않는 팬 또한 있었다.

　─말아먹을 뻔했던 시즌을 멱살 잡고 올린 게 누군데?

　─디 마테오 때 못 봤냐? 잠깐 반짝할 수는 있어도 장기적인
관점에서는 안 되지.

　팬들이 이에 대한 이야기로 뜨겁게 달아오를 때 의외의 인
물이 원지석을 추천했다.

「[BBC] 첼시 레전드 존 테리, 원지석을 추천하다」

　챔피언스리그 결승전을 앞두고 BBC와 인터뷰를 가진 존 테
리가 한 말이었다. 이번 시즌 기회를 적게 받고, 본인 또한 원지
석과 사이가 좋지 않음에도 그 능력을 인정하는 내용이었다.

　"모든 건 구단의 결정이겠죠. 하지만 원 역시 감독이 될 능
력을 충분히 가지고 있습니다."

　그러는 사이 첼시 팬들이 슬퍼할 만한 발표가 떴다.

「[오피셜] 맨체스터 유나이티드, 조제 무리뉴 감독 선임」

　이미 전부터 협상을 하고 있다는 기사가 있었지만, 공식 발

표로 확정 짓는 것과는 느낌이 달랐다.

하지만 이게 현실이었다.

그들이 사랑했던 감독은 이제 가장 큰 경쟁자의 감독이 되었다.

[자네는 어떻게 할 건가?]

무리뉴에게서 온 문자를 보며 원지석은 답장을 망설였다. 첼시 감독이 될지, 아니면 다른 곳에 갈 건지에 대한 이야기였다.

사실 아직 원지석 자신조차 확실히 정하지 못한 상황이었다. 이에 대한 확신이 서지 않았기 때문이다.

그리고 그다음은 구단과 일치했다.

챔피언스리그 결승전을 보고 생각하기로.

[모르겠네요. 우선 다음 경기부터 생각해야죠.]
[힘내.]

그 답장에 원지석이 피식 웃으며 스마트폰 화면을 껐다.

*　　　　*　　　　*

마침내 챔피언스리그 결승전이 다가왔다.

경기가 열리는 이탈리아 밀라노의 주세페 메아차 스타디오는 벌써부터 많은 팬들이 자리를 잡은 상황이었다.

레알 마드리드의 라인업은 굉장했다.

일명 BBC 라인이라 불리는, 벤제마와 베일, 그리고 호날두로 이루어진 공격진.

특히 크리스티아누 호날두는 세계 최고의 골잡이로 아직까지 전성기를 구가하는 선수였다.

중원 역시 굉장했다. 크로스와 모드리치는 세계 최고의 미드필더라는 수식어가 부족하지 않은 선수들이었고, 그 밑에서 보조하는 카세미루 역시 이번 시즌 자신의 가치를 증명하는 중이었다.

"저 새끼들을 막아야 한다 이거지."

킴이 레알의 선수들을 보며 중얼거렸다.

하미레스가 부상으로 시즌 아웃을 당했기에 오늘 역시 킴이 선발 라인업에 이름을 올린 상황이었다. 나올 때마다 성장하는 모습을 보여주니 팬들 역시 최선의 라인업이라고 고개를 끄덕였다.

첼시는 이번에 성공적으로 자리 잡은 쓰리백을 들고 왔다.

뮌헨전에는 빠졌던 마티치가 수비형미드필더로 나왔으며, 최전방은 아자르와 코스타의 투톱이 섰다.

"잘해보자고."

"그러죠."

지단과 악수를 나눈 원지석이 자신의 벤치에 들어왔다.

흰색과 푸른색으로 나뉘어 물들은 관중석을 보니 묘한 기분이 들었다. 처음 감독대행으로 지휘봉을 잡을 때만 하더라도 이런 것은 예상하지 못했다.

'한 걸음.'

빅이어까지 앞으로 한 걸음이었다.

삐익!

이번 시즌 마지막 경기를 알리는 휘슬이 울렸다.

선축은 레알 마드리드의 것이었다. 처음으로 공을 받은 모드리치는 슬슬 눈치를 보며 공격수들이 앞으로 들어가길 기다렸다.

"오랜만이지?"

코스타가 그런 모드리치를 압박했다.

질척거리는 코스타 때문에 눈살을 찌푸린 그는 결국 앞으로 찔러주기보다는 좀 더 안전한 패스를 선택했다.

공을 받은 선수는 왼쪽 풀백인 마르셀루였다. 이번 시즌 최고의 풀백으로 봐도 무방한 선수.

그 앞을 막아선 건 이번 시즌 데뷔한 햇병아리였다.

"공은 놓고 가."

"뺏어보든지."

킴의 으르렁거림에 피식 웃은 마르셀루가 한 번 발을 움찔거렸다. 상대 수비를 제치기 위한 페이크였지만, 의외로 킴은 낚이지 않고 바로 공을 뺏어냈다.

"병신."

짧은 비웃음과 함께 킴이 상대 진영을 향해 달렸다.

다른 것은 몰라도 복싱을 배우며 동체시력이 눈에 띄게 좋아진 킴이었다. 어느 순간부터 체육관의 트레이너가 진심으로 날린 주먹도 다 피해낼 정도였으니.

그런 만큼 가볍게 부린 잔재주는 통하지 않았다.

─아, 마르셀루에게서 공을 뺏은 킴이 달립니다!

결국 공격에 가담하려던 카세미루가 급하게 방향을 틀며 킴에게 붙었다. 킴은 큰 욕심을 부리지 않으며 앤디에게 공을 넘겼다.

카세미루가 빠진 자리는 크로스가 대신해서 앤디를 커버하는 중이었다.

앤디는 그 앞에서 몸을 멈칫했다.

브레이크가 아닌 기어를 바꾸기 위해서.

공을 왼쪽으로 가볍게 치자 크로스의 다리가 쭉 뻗어졌다.

하지만 앤디는 다시 왼발로 공의 방향을 바꾸며 그대로 크로스를 돌파했다.

팬텀 드리블.

바르셀로나의 리오넬 메시와 이니에스타가 즐겨 쓰는 고난이도의 기술이었다.

마르셀루는 자리에 복귀하는 중이었고, 카세미루는 킴을 마크하고 있었다.

즉 레알 마드리드의 왼쪽은 무주공산인 상황.

앤디는 그 빈 곳을 계속해서 달렸다.

"이런 머저리들!"

"어이 꼬마, 이쪽이야!"

결국 중앙수비수인 페페가 앤디를 막기 위해 내려왔다. 그만큼 수비 사이가 벌어졌으며, 그 사이로 코스타와 아자르가 침투하는 모습이 보였다.

앤디의 선택은 패스가 아니었다.

그는 직접 페페의 앞에 서며 정면 돌파를 선택했다.

페페는 대인 방어에 한해선 월드 클래스라는 평가를 듣는 수비수였다. 83년생이라는 나이가 무색하게 이번 시즌에도 매우 좋은 활약을 보여주는 중이었다.

그런 선수를 상대로 앤디가 한 짓은, 가랑이 사이에 볼을 흘리는 일명 '알까기'였다.

설마 이런 짓을 할 줄은 몰랐는지 눈을 크게 뜬 페페가 자신을 지나치려는 앤디의 유니폼을 잡았다.

길게 늘어지는 유니폼.

페페가 이를 악물며 손에서 힘을 풀지 않았다.

이대로 넘어지면 PK를 받을 수 있겠지만, 대신 앤디는 공을 톡 차며 방향을 바꾸었다.

"하하!"

그 공을 받은 사람은 디에고 코스타였다.

이를 드러내며 웃는, 팬들에게는 다른 의미의 살인 미소를 보여주며 뛰어온 그가 망설임 없이 공을 찼다.

"좋은 패스다, 꼬마야!"

쾅!

매우 강한 소리와 함께 골 망이 찢어지듯 출렁였다.

―크로스를 돌파한 앤디가 계속 달립니다! 아, 아아! 페페마저 적수가 되지 못해요!

―골! 골골골! 디에고오오오 코스타! 오늘도 코스타가 골을 넣습니다! 경기 시작 1분도 되지 않아 들어간 골!

코스타가 포효하는 셀레브레이션과 함께 앤디를 껴안았다. 마르셀루의 실수 이후 물 흐르듯 이어진 첼시의 역습이 기어코 골을 만든 것이다.

원지석이 굳은 얼굴로 박수를 쳤다.

경기가 시작하자마자 골이 들어간 건 좋은 일이었지만, 그만큼 많은 시간이 남았다.

"이제 다시 집중해!"

원지석이 들떠 있는 선수들에게 냉정해질 것을 요구했다. 이러다 바로 골이라도 먹히는 한심한 일은 용납할 수 없었다.

이후 골을 넣기 위해 레알의 공격진들이 무섭게 움직이기 시작했다.

그중에서 제일 무서운 것은 호날두였다.

플레이 스타일을 이전과는 다르게 바꾼 그는 더 이상 드리블러가 아니었다. 하지만 문전에서 서성거릴 때의 위험함은 여전했다.

특히 마르셀루가 올린 크로스를 헤딩했을 때가 압권이었다. 달리면서 한 점프도 아닌, 제자리에서 한 서전트가 다른 선수들과 압도적인 차이를 보인 것이다.

태앵!

골대를 맞고 튕기는 공을 보며 호날두가 아쉬움을 토했다.

"시벌."

멀리서 그 광경을 보던 원지석이 낮게 욕지거릴 내뱉었다. 사람 같지 않은 서전트는 막을 수단도 없다. 골을 넣기 위한 인간 병기. 그게 호날두였다.

한편 첼시의 공격도 쉽게 풀리는 것은 아니었다.

앤디라는 처음 보는 애송이가 한 패기 있는 플레이에 더 이상 당하지 않는다는 듯 레알의 수비는 견고했다.

"미친 새끼가, 돌았냐?"

"뭐래. 내가 뭐 했냐?"

결국 충돌이 일어났다.

코스타와 페페의 충돌이었다.

코스타가 AT 마드리드에 있던 시절부터 둘은 리그에서도 자주 충돌한 적이 있었다.

이번에는 흐르는 공을 코스타가 집어넣기 위해 슬라이딩을 했는데, 그 공을 걷어낸 페페가 스터드로 코스타의 발을 찍으려 한 것이다.

교묘한 반칙이었다. 페페가 경기 중 카드를 잘 받지 않는 것도 이렇게 심판이 보지 않게 파울을 저지른 게 컸다.

"후우!"

퉤 하고 침을 뱉은 코스타가 자신의 자리로 돌아갔다.

다혈질인 코스타는 자신을 자극하는 플레이에 쉽게 반응하곤 했다. 하지만 오늘은 안 된다. 경기가 시작하기 전 원지석에게 단단히 주의를 받은 게 주요했다.

'오늘 경기에서 사고 치면 내가 죽일 겁니다.'

천하의 코스타도 움찔할 정도로 스산한 분위기였다.

어느덧 경기도 마지막을 향해 달려갔다.

이대로만 끝난다면 첼시의 승리였다.

또 한 번의 챔피언스리그 우승. 그것을 염원하는 팬들의 응원 소리는 멈추지 않았다.

레알 마드리드의 공격도 더욱 거세졌다. 이제는 반코트에 가까울 정도로 계속해서 슈팅을 퍼부었지만, 쓰리백과 쿠르트아의 선방에 의해 골문 안에 들어가는 일은 없었다.

그리고 찾아온 추가시간.

3분이란 시간은 짧지만 어떤 일이든 일어날 수 있는 시간이었다.

결국 레알 마드리드가 마지막 기회를 잡았다. 벤제마가 흘린 공을 베일이 잡았으며, 이후 슈팅을 했지만 쿠르트아의 선방에 막혔다.

그리고 갑자기 튀어나온 선수.

이미 골 냄새를 맡고 몸을 움직이던 호날두였다.

"안 돼!"

케이힐이 비명을 질렀지만 이미 공은 떠나간 뒤였다.

갑자기 터진 골에 레알 팬들이 환호를 질렀으며, 첼시 팬들은 침묵했다.

"호우!"

특유의 세리머니를 하는 호날두를 보며 원지석이 손으로 눈을 덮고 탄식했다.

"시발."

1 : 1.

전후반 종료.

이제 연장전이었다.

*   *   *

끝날 것 같았던 경기는 극적인 골에 의해 연장전에 돌입했다.

이미 양 팀의 교체 카드는 모두 사용한 상황. 공격 자원을 빼고 수비 자원을 투입시킨 첼시로서는 함부로 모험을 할 수 없었다.

세스크가 빠지고 대신 들어온 윌리안이 볼을 끌고 레알의 진영을 침투했다.

'지친다.'

레알 선수들은 다리가 후들거릴 지경이었지만 멈출 수 없었다. 어떻게 만든 동점골이며, 어떻게 얻어낸 연장전인가. 아직 승부는 끝나지 않았다.

특히 오늘 실점에 지대한 영향을 끼친 마르셀루는 이를 악물면서 윌리안을 압박했다.

"살살 해!"

"나중에."

같은 브라질 국가대표 동료였기에 오가는 말이었다. 결국 윌리안은 골대를 향해 공을 길게 찼다.

멀리 띄워진 공을 보며 코스타가 헤딩을 하려 했지만 먼저 자리를 선점한 페페에게 막히고 말았다. 애초에 코스타는 포스트플레이에서 강점을 보이는 선수가 아니었다.

페페가 멀리 걷어낸 공은 마티치가 헤딩으로 볼을 따내며 앤디에게 넘겼다.

'폐가 터질 거 같아.'

앤디 역시 매우 지친 상황.

훈련을 통해 체력을 많이 늘렸다 하더라도, 처음 겪어보는 연장전은 소년의 한계를 넘어섰다.

머리가 멍하면서도 넘긴 패스는 정확했다.

패스를 받은 것은 킴이었다.

킴은 연장전에서까지 지치지 않은 선수 중 하나였다. 계속해서 달렸음에도 마치 지금 교체되어 들어온 것처럼 경기장을 누볐다.

ー킴 선수가 경기장 전역을 커버하고 있습니다. 대단합니다. 한 유망주의 투지가, 세계적인 선수들을 상대로 밀리지 않을 정도군요.

—마치 오늘이 마지막 경기인 것처럼 뛰고 있어요.

그런 킴의 모습은 다른 첼시 선수들을 자극했다.

"꼬맹이가."

헉헉거리며 거친 숨을 쉬던 아자르가 침을 뱉었다. 저 애송이마저 저런 모습을 보이는데 어찌 대충 뛸 수 있겠는가.

자신을 향한 패스를 재빠르게 받은 그가 슬금슬금 레알의 진영을 향했다. 레알의 수비진들도 달라붙은 상태에서 섣불리 태클을 하진 않았다.

모두가 지친 상황이었다. 그만큼 몸이 둔해졌고, 자칫하면 PK를 내주는 대형 사고를 낼 수 있기 때문이다.

아자르는 라모스와 카르바할의 압박을 받으며 슬쩍 고개를 돌렸다. 윌리안은 너무 멀리 있었고, 코스타는 페페의 마크를 받는 중이었다.

'그 녀석은?'

앤디의 모습이 보이지 않았다.

아니, 그렇게 생각한 순간 레알의 중원을 뚫으며 뛰어오는 앤디가 보였다.

"여기요!"

아자르의 공을 넘겨주려는 모션에 카르바할이 발을 뻗었다.

하지만 그것은 속임수였다. 아자르는 그 다리 사이로 공을 흘려보내고선 압박을 벗어났다.

앤디가 페페에게 한 것처럼 알까기를 한 것이다.

─아자르! 순식간에 두 명을 따돌리는 마법을 보여줍니다! 이제 골키퍼만 남은 상황!

─슛을 합니다! 아, 아아아!

해설진이 탄식했다.

아자르의 슛은 골키퍼 케일러 나바스의 기적 같은 선방으로 막히고 말았다.

─나바스의 슈퍼세이브에 아자르가 고개를 떨굽니다!

모든 첼시 팬들의 입에서 아쉬운 소리가 나왔을 장면이었다. 반대로 레알 팬들에겐 안도의 한숨이 나왔을 것이다.

삐이익!

결국 연장전은 아무런 득점 없이 끝나고 말았다.

남은 것은 승부차기.

11m짜리 러시안룰렛만이 남은 상황이었다.

키커 순서를 짜던 원지석이 갑자기 하던 행동을 멈추고 아자르에게 다가갔다.

방금 전 찬스를 골로 마무리하지 못한 게 못내 아쉬웠던 듯 아자르의 얼굴은 시무룩했다. 그런 그의 등을 팡 하고 친 원지석이 말했다.

"뭘 그렇게 풀 죽어 있어?"

"아니, 그냥."

"어차피 다른 선수였으면 그 찬스를 잡지도 못했을 거야. 너니까 슛까지 한 거지."

씨익 웃은 원지석이 아자르의 귓가에 속삭였다.

"네가 1번이야."

눈을 크게 뜬 아자르가 고개를 돌리자, 자기 자리로 돌아가는 원지석의 등만이 보일 뿐이었다.

그렇게 승부차기가 시작되었다.

각 선수들은 서로 어깨동무를 하며 각자의 신에게 승리를 바라고 있을 것이다. 그만큼 승부차기는 아무도 예측할 수 없었다.

평소 골을 잘 넣는 공격수라도 이런 상황에선 실수를 한다. 그만큼 심리적 압박이 어마어마했다.

선축은 첼시의 것이었다.

원지석의 말대로 첫 번째 키커는 아자르였다.

사실 아자르는 PK 성공률이 매우 높은 선수였다. 발목 힘이 굉장히 좋아 골키퍼를 속이는 모습을 많이 볼 수 있었다.

"하아."

하지만 상대는 방금 자신이 들어갈 거라 확신했던 슛을 막아낸 골키퍼였다.

주심의 휘슬 소리가 울렸다.

쓰읍 하고 숨을 쉰 아자르가 공을 찰 준비를 했다.

한 걸음, 두 걸음.

성큼성큼 스텝을 밟은 아자르의 시선이 오른쪽 구석을 향했다. 골키퍼 나바스 또한 그것을 인식했다.

퉁!

하지만 공의 방향은 왼쪽이었다.

공이 들어간 것을 확인한 아자르가 안도의 한숨을 쉬며 페널티박스에서 떠났다.

팀에서 PK를 전담하는 아자르라고 해도 승부차기의 중압감은 상상을 초월했다. 그게 챔피언스리그 결승전이라면 더더욱.

다음은 레알의 킥이었다.

레알의 첫 번째 키커는 루카스 바스케스였다.

―바스케스, 성공합니다!

바스케스는 가볍게 골을 성공시키며 돌아갔다.

그다음 첼시의 키커는 킴이었다.

유망주, 그것도 지금까지 3선과 풀백을 맡은 선수였기에 원지석의 판단에 의문을 표하는 사람들이 있을 것이다.

하지만 그것은 킴에 대해 모르기에 할 수 있는 지적이었다.

킴은 유망주 시절 스트라이커였으며, 당시 팀에서 PK를 전담했고, 무엇보다 지금 첼시 선수 중 가장 강심장인 키커였다.

―킴, 골입니다!

슛을 할 때와 마찬가지로 킴은 무표정한 얼굴로 몸을 돌렸다. 선수들과 하이 파이브를 나누면서도 딱히 웃는 모습이 아니었다.

레알의 다음 키커는 마르셀루였다.

이번 경기 시작부터 킴에게 공을 뺏기고 실점의 빌미를 제공한 만큼 그의 얼굴은 비장해 보일 지경이었다.

―마르셀루, 성공이군요!

마르셀루가 안도의 한숨을 쉬며 돌아갔다.

그다음 첼시의 키커인 윌리안도, 레알의 키커인 베일도 모두 골을 성공시켰다.

특히 부상 때문에 절뚝거리면서도 공을 찬 베일은 어찌 보면 대단하단 감탄이 나올 정도였다.

첼시의 네 번째 키커는 네마냐 마티치였다.

왼발잡이로, 가끔 근사한 골을 만들어내며 강슛을 쏘는 선수. 그가 긴장한 얼굴로 자리를 잡았다.

─네마냐 마티치, 슛을 차기 위해 뒤로 물러나는군요.

─슛, 아! 골대를 맞고 실축합니다! 네마냐 마티치!

태앵!

공이 맞은 골대가 강하게 흔들렸다.

그걸 멍하니 보며 마티치가 절규하듯 자신의 머리를 부여잡았다. 하지만 이미 되돌릴 수 없는 상황.

레알의 네 번째 키커인 라모스가 골을 성공시키며 상황은 더욱 숨을 조였다.

그런 첼시의 마지막 키커는.

─아, 앤디군요!

─원이 저 어린 소년을 마지막 키커로 세웁니다!

모두가 앤디의 등장에 눈을 크게 떴다.

저 소년이 새가슴이란 건 이제 나름 알려진 사실이었다. 그 사실을 가장 잘 아는 건 원지석일 것이다. 그럼에도 마지막 키커는 앤디가 섰다.

앤디 역시 자신이 마지막 키커라는 것에 화들짝 놀란 상황이었다.

'가, 감독님?!'

'괜찮아. 할 수 있어.'

'못 해요!'

'해.'

결국 원지석의 지시 때문에 강제적으로 키커를 맡은 앤디였다.

삐익!

크게 숨을 쉰 앤디가 이윽고 눈을 감았다.

사실 이것을 노린 원지석의 승부수이기도 했다.

승부차기는 이론상 키커에게 유리하다. 볼이 골문 안에 들어가는 시간보다 골키퍼의 반응이 느리기 때문이었다.

그럼에도 골키퍼들은 꽤 많은 선방을 기록한다.

그것은 키커들의 습관, 시선 같은 것을 보며 미리 방향을 파악할 수 있기 때문이다.

하지만 앤디는 여기서 눈을 감았다.

처음 겪어보는 상황에 나바스의 눈살이 찌푸려졌다.

'별 미친.'

런던의 빌헬름 텔.

눈을 감은 궁수가 맞추지 못할 것은 없다.

그런 이야기를 처음 들었을 때 나바스는 대수롭지 않게 넘겼다. 하지만 이제는 심각하게 받아들여야 할 상황이었다.

공 위에 올려진 발이 떨어졌다.

뒤로 물러나면서도 앤디의 눈은 떠지지 않았다.

그것은 슛을 하기 위해 달릴 때 역시 마찬가지였다.

쿵!

공은 정확히 골대 구석을 향해 빨려 들어갔다.

중앙에서 움직이지 않은 나바스는 자신에게 굴러오는 그 공을 멍하니 보았다.

─앤디이이이! 결국 골을 성공시킵니다!

─아주 정확한 골이었습니다! 정말 눈을 감으면서도 어떻게 저런 슛을 하는지 의문이에요!

─하지만 레알의 다음 키커가 골을 성공시킨다면, 이 경기는 레알 마드리드의 승리입니다.

레알의 마지막 키커가 나왔다.

그는 크리스티아누 호날두였다.

평소에도 레알의 PK를 독식하며, 그 성공률 역시 높은 편이었다.

공을 막아서는 쿠르트아가 침을 꿀꺽 삼키고 자세를 잡았다.

지금 이 순간, 경기장의 모든 팬들이 숨을 죽였다.

호날두가 슛을 했다. 쿠르트아 역시 몸을 움직였다. 그것도 공이 쏘아진 곳과 같은 방향이었다.

'아!'

손에 걸리는 느낌이 들었다.

쿠르트아의 입에 작게 걸린 미소는 결국 형편없이 일그러지고 말았다.

손을 맞고 튕긴 공이 골 망을 출렁였기 때문이다.

와아아아아!

절망하는 쿠르트아와 무릎 꿇은 첼시 선수들을 뒤로하며 레알의 선수들이 관중들을 향해 달려가기 시작했다.

"호우!"

호날두는 자신의 유니폼 상의를 벗어 던지고는 특유의 셀레브레이션을 보여주었다. 그 모습에 모든 레알 팬들이 소리를 질렀다.

할라 마드리드!

마드리드를 위하여.

그 응원 구호가 얼마나 듣기 싫던지, 원지석이 씁쓸한 얼굴로 고개를 저었다.

"고생했어."

원지석은 선수 하나하나를 안아가며 그들의 노력을 치하했다. 아자르도, 코스타도, 실축한 마티치도. 모두 하나하나 최선을 다한 선수들이었다.

아직까지 얼굴을 들지 못하는 쿠르트아에게 다가간 그가 손을 내밀었다.

"감독님."

"왜 그렇게 있냐. 당당히 고개 들어."

비록 경기에서 패배하더라도, 트로피를 들지 못하더라도, 그들이 지금까지 흘린 땀이 무시되어서는 안 된다.

쿠르트아를 일으킨 원지석이 마지막으로 고개를 숙이고 울고 있는 녀석에게 갔다.

유니폼으로 얼굴을 가린 앤디가 어깨를 들썩이고 있었다.

"뭘 우냐."

그런 소년의 어깨에 손을 올리며, 원지석은 조용히 말했다.

"잘했어. 슬퍼할 필요는 하나도 없어. 너도, 나도, 우리 모두 잘한 거야."

그렇게 트로피를 수여하는 시상식이 시작되었다.

먼저 은메달을 받기 위해 첼시의 선수들이 올랐다.

레알의 선수들은 두 줄로 나뉘어 오늘 자신이 상대한 사람들에게 박수를 보냈다.

"멋진 승부였네."

"내년에 보죠. 그때는 다를 겁니다."

원지석의 말에 지단이 웃으며 고개를 끄덕였다.

울음을 터뜨린 앤디의 눈은 붉게 달아올라 있었다. 그게 안쓰러웠던 건지 레알의 선수 중 앤디를 안으며 등을 두드려 주는 사람이 많았다.

"멋졌어, 꼬맹이."

의외인 점은 페페마저 그런 앤디를 위로했다는 거였다.

레알의 선수들이 빅이어를 들며 셀레브레이션을 할 동안, 첼시의 선수들은 라커 룸에 들어온 상황이었다.

"고생했습니다."

원지석은 풀 죽은 선수단을 향해 그렇게 말했다.

"그리고 죄송합니다. 다 제 잘못이에요."

후우.

한숨과 함께 쿵 하는 소리가 들렸다.

벽에 머리를 두어 번 박은 원지석이 다시 고개를 돌렸다.

"내년."

그 눈은 패배의 절망에 빠져 있지 않았다.

오히려 무언가를 갈망하고 있었다.

원지석은 폐부에서 쥐어짜 내듯 겨우 자신의 말을 꺼냈다.

"내년에는 꼭, 이깁시다."

피를 맛본 개는 절대 그 맛을 잊을 수 없다.

지금부터.

축구계는 목줄이 풀린 투견을 맞이할 것이다.

*　　　　*　　　　*

「[스카이스포츠] 첼시, 승부차기 접전 끝에 패배」

「[마르카] 라 운데시마를 달성한 레알」

「[마르카] 시즌을 훌륭히 마무리한 지단」

모든 화제는 레알이 들어 올린 빅이어에 집중되었다.

마침내 달성한 라 운데시마, 11번째 빅이어.

오랫동안 이루지 못한 것을 성공했기에 레알 팬들은 그 어
느 때보다 기쁜 상황이었다.

그와 반대로 첼시는 혼란스러운 상황이었다.

챔피언스리그 준우승이 문제가 아니었다.

「[텔레그래프] 원지석의 행방은?」

혼란스러운 팀을 수습하고, 환상적인 반전에 성공한 원지석

의 거취가 화두에 오른 것이다.

「[BBC] 콘테에게 접근 중인 첼시」
「[스카이스포츠] 원지석과 협상에 돌입한 첼시」

공신력이 높은 언론사들마저 엇갈린 기사를 내기 시작하자
팬들은 더욱 혼란스러워했다.

오늘 콘테 감독과 계약을 논의 중이라는 기사가 뜨면, 내일
은 원지석과 거의 협상이 완료되었다는 기사가 뜬다.

그저 타블로이드지의 루머가 아닌 공신력이 높은 기자마저
다루는 상황이다 보니 상황은 점점 혼란에 빠졌다.

한편 당사자인 원지석은 비행기에 몸을 실은 상황이었다.
창밖을 멍하니 바라보며 며칠 전에 있었던 일을 떠올렸다.

챔피언스리그가 끝나고, 원지석과 첼시의 보드진은 정식 계
약에 대한 이야기를 나누었다.

"솔직히 말하자면, 우리는 당신과 계약하고 싶어요."

그렇게 말한 사람은 로만의 최측근인 마리나였다. 에메날로
가 매물을 찾아오면 그녀가 계약 협상을 담당하는 식이었다.

첼시는 자신의 뜻을 확실히 전했다.

이제 남은 것은 원지석의 몫이었다.

잠시 침묵한 그가 답했다.

"생각할 시간을 주십시오."

"오래 기다리진 못해요."

"일주일. 일주일이면 됩니다."

원지석의 말에 마리나가 고개를 끄덕였다.

그 이후 원지석은 공항으로 떠났다.

표에 적힌 곳은 한국.

그의 고향이자, 돌아오기 싫었던 곳.

'몇 년 만이더라.'

기억도 잘 나지 않았다. 그만큼 바쁘게 살았고, 떠올리기 싫었던 것도 사실이었다.

"혹시 원지석 감독님?"

그때 옆에서 들린 목소리에 원지석이 눈을 돌렸다. 후덕한 인상의 백인 남성이 긴가민가 고개를 갸웃거리고 있었다.

"네? 네, 맞긴 한데."

"오! 신이시여!"

자신의 추측이 맞자 그가 가방에서 무언가를 꺼냈다. 그것은 노트와 펜이었다.

"사인 좀 부탁드려도 될까요? 그리고 가능하면 사진도!"

원지석은 얼떨떨한 얼굴로 고개를 끄덕였다.

생각해 보니 이렇게 사인을 해주는 건 처음이 아닐까. 항상 조용히 이동하다 보니 팬들을 마주하는 게 드물었고, 더군다나 바쁜 스케줄 속에 사람 얼굴 보기가 힘들었다.

셀카 모드로 같이 사진을 찍어주고 나서야 남성이 기쁘다는 듯 웃음을 터뜨렸다.

"고마워요. 정말 생각지도 않은 곳에서 보물을 얻었군요."

"보물은요."

"저는 뮌헨전 때 스탬포드 브릿지에 직접 갔어요. 정말 인생에 다시없을 경험이었습니다."

그렇게 말하던 그가 무언가 생각난 듯 조심스레 물었다.

"당신이 계속 감독을 맡아주면 좋겠지만, 만약 어디로 가든 항상 응원할 거요. 런던 팀만 빼고!"

언론에서는 원지석과 첼시의 협상 이야기가 나오는 중이었다. 그런 사람이 한국으로 가는 비행기를 탔으니, 협상이 잘되지 않았다고 생각한 모양이었다.

"고마워요."

원지석이 웃으며 고개를 끄덕였다.

그저 팬과 있었던 작은 해프닝일 거라 생각했지만, 이후 인천공항에서 겪은 일은 그의 상상을 초월했다.

처음은 찰칵찰칵 하는 카메라 소리였다. 그게 다른 사람들의 관심을 끌었다.

"원지석이다."

"원지석?"

"첼시 감독이다!"

감독이 아니라 감독대행이지만, 그런 걸 정정할 상황이 아니었다. 원지석을 알아본 사람들이 꼬리에 꼬리를 물며 몰려들기 시작한 것이다.

"뭐야, 대체?"

한국의 언론이나 인터넷을 확인하지 않는 원지석으로선 매우 당황스러운 일이었다.

첼시가 챔피언스리그 결승전에 오르며 한국에서 원지석의 주가는 최고치를 찍고 있었다.

비록 우승을 하지 못했다지만, 반년에 가까운 시간 동안 원지석이 보여준 일은 그만큼 대단했기 때문이다.

'내가 무슨 범죄라도 저질렀나?'

이러한 일을 모르는 원지석으로선 괜히 불안함에 주위를 두리번거렸다. 저쪽에 있는 공항 경찰들이 자신을 잡으러 오는 건 아닐까 싶었다.

"사랑해요! 사인 좀 해주세요!"

"밀지 마!"

"누가 내 발 밟았어!"

결국 문제가 발생하자 공항 경찰들이 다가와 상황을 정리했다. 그들은 아직도 얼떨떨해하는 원지석에게 다가가 말했다.

"원지석 감독님?"

"네?"

"안전한 곳까지 안내해 드리겠습니다."

"네……."

원지석이 슬쩍 고개를 돌려 자신을 향해 소리치는 사람들을 보았다. 한국에 첼시 팬이 이렇게 많았나? 그때 한 여성이 검지와 엄지를 이상하게 만들며 소리쳤다.

"손가락 하트 좀 해주세요!"

'이게 하트였어?'

이 정도야 뭐 어려운 일은 아니다.

팬들의 사랑을 먹고사는 프로축구에서 팬 서비스는 중요한 항목이었다. 그 역시 선수들에게 그런 소리를 자주 하는 편이기도 하고.

그랬기에 원지석이 어색하게 웃으며 어설픈 손가락 하트를 만들었다.

꺄아아악!

사진을 찍을 때 터지는 플래시와 함께 비명 소리가 들렸다. 결국 원지석은 마지막 인사를 한 뒤 공항을 떠났다.

이번 일은 인터넷에서 큰 화제가 되었다.

특히 원지석이 한 손가락 하트는 그 어색한 미소와 함께 작은 밈이 될 정도였는데, 축구 커뮤니티에서 개그성 요소로 쓰이기도 했다.

제목: 네 머리를 이렇게 구겨 버릴 거야.jpg

원지석으로서는 모르는 게 좋은 일이었다.

*　　　　*　　　　*

「[스포츠코리아] 한국에 깜짝 입국한 원지석」
「[풋볼조선] 다음 국대 감독은 첼시의 원지석?」

한국 언론들 역시 이 일을 다루었다.

특히 원지석으로선 뜬금없는 기사가 나오기도 했는데, 한국 국가대표팀의 다음 감독으로 그가 거론되고 있었기 때문이다.

한국 국가대표의 감독은 항상 불안정한 자리였다. 늘 경질설에 시달리고, 마침 첼시와 협상이 지지부진한 원지석이 있으니 대충 끼워 맞춘 기사에 불과했다.

하지만 그 루머에 술렁이는 사람들이 꽤 많았다는 게 문제였다.

"여기도 오랜만이네."

그런 사실을 모르는 원지석은 수목장을 보며 멍하니 중얼거렸다.

수목장.

죽은 사람의 유골을 나무 밑에 묻는 곳.

원지석의 소중한 사람이 잠든 곳이기도 했다.

길을 걸으면서도 어디로 가야 할지 헷갈리지 않았다. 그렇게 해서 도착한 곳은 한 소나무 앞이었다.

「원석현」

소나무에 걸린 명패를 보며 원지석은 말이 없었다.

어린 나이에 그와 함께했던 날들이 떠올랐다. 그는 항상 자기 때문에 어린 아들이 세계를 떠돌아다니는 것을 미안해했다.

그렇다고 한국에 남길 수는 없었던 상황이었다. 한국에는 원지석을 경멸하는 사람밖에 없었으니까.

"오랜만에 와서 미안해. 그만큼 바빴거든."

말을 하며 원지석이 볼을 긁적였다.

만약 그가, 아버지가 살아 있었다면 무슨 말을 했을까.

아마 밥은 먹고 다니냐고 물었을 것이다.

"나는 나름대로 잘 살고 있어."

원지석이 어렵게 입을 열었다.

꿈에 그리던 축구 감독이 되고, 아름다운 연인도 생겼으며, 금전적으로도 부족한 상황은 아니다. 아, 영국 음식은 빼고.

"그곳은 어때?"

대답이라도 하듯 바람이 불며 소나무 가지가 흔들렸다.

원지석은 가지고 온 꽃을 나무 아래에 두었다.

평소 아버지가 좋아하던 꽃들이었다.

"또 올게."

몸을 돌린 원지석이 길을 내려올 때였다.

주머니에서 울린 진동에 원지석이 스마트폰을 꺼냈다. 등록되지 않은 번호에게서 온 전화였다.

"누구지?"

그의 번호를 알 사람은 그리 많지 않았다. 구단 관계자, 선수들, 마지막으로 캐서린 정도?

전화를 그대로 끊을까 했지만 결국 원지석은 전화를 받는 쪽을 택했다.

"여보세요?"

─원지석 감독님?

목소리는 여성이었다. 그리고 묘하게 색기가 느껴지는 목소리이기도 했다.

"누구십니까?"

─에이전트를 찾는다고 들었어요.

에이전트.

선수나 감독 대신 구단과의 일을 협상하는 대리인을 말했다.

그 말대로 원지석은 에이전트를 찾고 있는 상황이었다. 이후 첼시나 다른 구단을 감독하게 될 때 복잡한 절차를 해결해 줄 사람이기 때문이다.

하지만 이 사람이 그걸 어떻게 알지?

상대방은 영어가 아닌 한국어로 말하고 있었다. 적어도 한국 에이전트들을 알아본 적은 없었는데.

―잠깐 만날까요?

*   *   *

택시에서 내린 원지석이 주위를 살폈다.

알고 그런 건지, 약속 장소로 잡은 카페는 그가 잡은 호텔 근처에 위치한 곳이었다.

'정보력 하나만큼은 인정해야겠군.'

카페의 문을 열고 들어가니 다른 손님들은 그다지 보이지 않았다. 여기서 자신에게 전화를 한 여자를 찾아야 했다.

"여기예요."

그때 누군가가 손을 들며 말했다.

그녀는 퇴폐적인 인상의 여자였다. 그런 인상과는 반대되게 그녀가 입은 정장은 빈틈이 없어 보이는 갑옷 같다는 느낌을 주었다.

타이트한 검은 정장, 그리고 검은색의 스타킹과 검은색의 구두.

머리색과 눈동자 색 또한 어둠을 빨아들인 것처럼 검었다.

그녀의 앞에 앉은 원지석이 점원에게 홍차를 주문했다. 영국에 오래 살다 보니 커피는 입에 맞지 않았다.

"그래서… 한채희 씨?"

"네."

한채희가 고개를 끄덕이며 긍정했다.

수목원에서 전화를 할 때 원지석이 미심쩍어한다는 것을 깨달았는지, 자신이 어떤 사람인지 홍보를 한 그녀였다.

확실히 눈에 띄는 경력이었다. 원지석이 뜬금없는 전화에 혹해 약속 장소로 올 정도로 말이다.

"예전에는 멘데스 밑에서 일하셨다고?"

"네. 이미 확인을 끝냈기에 여기에 오신 게 아닌가요?"

호르헤 멘데스.

일명 슈퍼 에이전트라 불리는 남자.

선수, 감독을 가리지 않고 세계적인 스타들과 계약을 맺으며 이적 시장마다 가장 큰 힘을 발휘하는 사람이기도 했다.

확실히 그녀의 말대로 원지석은 그 사실을 확인했다. 다름 아닌 무리뉴를 통해 직접 물어본 것이다. 무리뉴 역시 그의 고객이기 때문이다.

"뭐라고 하던가요?"

한채희가 입꼬리를 길게 늘어뜨렸다.

굉장히 퇴폐미 넘치는 웃음이었지만, 그 안에 담긴 것은 자신감이었다.

"최고라고 하더군요."

호르헤 멘데스가 직접 인정한 사실이었다.

멘데스 사단에서 그녀의 활약은 독보적이었고, 이후 독립을 한다며 나갈 때엔 굉장한 거액으로 붙잡았지만 가볍게 뿌리쳤다고.

"그런데 왜 저에게?"

하지만 한채희는 아직까지 단 한 명의 고객도 없는 상황이었다. 무언가 대어를 기다리는 건가 싶었지만, 그렇다기엔 원지석 역시 어울리는 매물은 아니다.

그가 고개를 갸웃거리자 그녀는 대답 대신 커피를 한 모금 마셨다.

커피 역시 시커먼 에스프레소였다.

"글쎄요. 마음에 들어서?"

그렇게 말하며 눈웃음을 짓는데, 만약 캐서린이 옆에 있었으면 당장 싸움이 났을 미소였다.

"따로 독립한 건 좋은데 딱히 끌리는 사람은 없어서요. 그러다 당신을 보게 됐죠. 정확히는 뮌헨과의 2차전? 꽤나 놀랐어요. 경기 내용도, 당신에 대해서도."

당사자는 모르지만 그녀로서는 꽤나 신선한 충격을 받은 경기였다. 더군다나 이번이 프로감독으로서 첫 시즌이란 걸 감안하면 재능 또한 굉장하다는 말이었다.

다듬기만 하면 그 무엇보다 빛날 원석.

이미 많은 보석을 관리했던 한채희마저 군침을 삼킬 정도였다.

그랬기에 다른 녀석들이 손을 쓰기 전에 먼저 차지해야만 했다.

"뭐, 당신이 저를 미심쩍어하는 건 인정해요. 원래 신용이란 건 그리 쉽게 쌓아지는 게 아니거든요. 그럼 이건 어때요?"

한채희는 그렇게 말하며 자신이 준비한 미끼를 내밀었다.

"잉글랜드로 돌아가면 첼시 구단과 협상하실 거죠?"

언론의 발표와는 다르게 정확히 상황을 꿰뚫어 보고 있는 그녀였다. 구단 내에 꽂아둔 빨대가 있는 걸까, 아님 쉬운 예측이었을까.

"단기계약으로 그 건을 나한테 맡기는 건 어때요?"

한채희의 제의는 이랬다.

자신의 능력을 증명할 겸 이번 거래에 한해 단기계약을 맺는 걸로. 물론 수수료같이 챙길 것은 챙길 거라는 말도 덧붙였다.

원지석은 그 제의에 고민했다.

확실히 언젠가는 해야 할 일이었다.

에이전트를 누구로 선임하든, 첼시의 감독직을 수락하든지 말이다.

이윽고 원지석은 고개를 끄덕였다.

"좋아요. 하죠."

그게 지금일 뿐.

*   *   *

「[텔레그래프] 첼시, 원지석과 연봉 협상 돌입」

마리나와 한채희가 협상을 시작했다는 이야기는 맷 로를 통해 알려졌다. 다만 사람들은 오피셜이 아닌 이상 완전히 믿을 수 없다는 반응을 취했다.

—헛발질한 게 한두 번이어야지.

—뭐냐? 콘테랑 두 명이서 동시 체제로 가는 거 아니었어?

—지난주에 발표한다더니??

공신력이 높은 언론마저 엇갈리고, 그마저도 빗나가니 사람들의 불신은 극에 달한 상황이었다.

―한국은 어때요?

"좋아요."

전화기 너머 캐서린의 말에 원지석이 대답했다.

원지석이 한국에 있을 동안 이렇게 통화로 서로의 목소리를 듣는 일이 많았다. 막 꽁냥꽁냥거릴 시기의 느낌이 가득한 커플의 모습이었다.

―나도 갈걸.

"괜히 그럴 필요는 없어요."

―괜히라뇨. 그래도 당신의 고향인데.

굳이 보지 않아도 볼을 부풀리고 있을 그녀의 모습이 떠올라 피식 웃음이 나왔다.

하지만 고향이라.

원지석이 볼을 긁적일 때였다.

―그런데 지금 원이 감독 협상을 하고 있다는 기사가 계속 나오고 있어요. 정말이에요?

아무래도 오늘 나온 기사를 그녀 또한 본 모양이었다.

"이번엔 진짜예요, 캐시."

―정말요? 하지만 원은 지금 한국 아닌가요?

"에이전트를 따로 구했는데, 지금 협상은 그녀가 대신 하고 있어요."

―그녀?

캐서린의 목소리가 묘하게 가늘어진 것을, 원지석은 대수롭지 않게 넘겼다.

한채희는 아직 한국에 있는 상황이었다. 직접 만나지 않아도, 메신저를 통해 얼굴을 마주 보며 얼마든지 협상을 할 수 있기 때문이다.

"네. 만약 일이 잘 풀린다면 같이 런던으로 갈 거니 그때 볼 수 있겠네요."

―흐응, 기대되네요.

원지석은 그게 위험 주의보라는 걸 깨닫지 못했다.

―그래서 런던은 언제 오는 건가요?

"내일이요. 여기서 볼일은 다 본 거 같네요."

아직 일주일이 채 지나지 않았지만 사실 그렇게 많은 시간이 필요하진 않았다. 친구도, 가족도, 아는 사람마저 없었으니 할 것도 없었고.

이미 비행기 티켓은 예약해 둔 상황이었다. 그것도 사람들이 없을 새벽으로.

―보고 싶어요.

그 말에 원지석이 숨을 멈췄다.

이렇게 전화를 하고 있는 게 다행이었다.

만약 얼굴을 마주 보고 그런 소릴 들었다면, 차마 얼굴을 들지 못했을 테니까.

"저도요. 곧 봐요."

원지석이 전화를 끊었다.

캐서린이 가끔 날리는 직구는 원지석이 반응을 하지 못하도록 만들었다. 이런 감정을 가지게 만든 것은 그녀가 처음이었다.

결혼은 아직 섣부른 이야기지만, 되도록이면 그녀와 오랫동안 이어지기를 바랐다.

그때 핸드폰 진동이 짧게 울렸다.

한채희에게서 온 메시지였다.

[협상 끝났어요.]

'벌써?'

혹여 대충하고 본인의 수수료만 챙겨먹은 게 아닐까 싶었지만, 밑에 적힌 내용을 본 원지석의 눈이 크게 떠졌다. 혹여 잘못 봤나 싶었지만 다시 봐도 그 액수가 맞았다.

주급 9만 파운드.

한화로 대략 1억 3천이라는 거액.

그녀가 협상을 통해 이끈 금액이었다.

챔피언스리그 우승 보너스, 리그 우승 보너스 같은 옵션은 눈에 들어오지 않았다. 그만큼 많은 금액이었던 것이다.

원지석은 바로 그녀에게 전화를 걸었다.

얼마 가지 않아 한채희가 살짝 늘어진 목소리로 전화를 받았다.

"이거 진짜예요?"

─생각보다 적었나요? 그래도 이 정도가 최선이었어요.

"아니, 적다는 게 아니라! 9천 파운드가 아니라 9만 파운드? 오타가 아니라 진짜입니까?"

현재 원지석이 받는 주급은 3천 파운드.

30배가 오른 금액에 원지석은 정신을 차리지 못하고 있었다.

─네. 세금 떼면 그거보다 훨씬 적겠지만.

세금이야 지금도 떼이고 있으니 문제 될 건 아니었다. 문제가 있다면 한채희와 협상을 한 마리나일 것이다.

첼시의 협상을 담당하는 마리나는 뛰어난 수완가였다. 그것 때문에 협상이 지지부진할 때도 있어 팬들의 욕을 먹지만, 능력만큼은 확실한 여자임에는 분명했다.

'대체 어떻게?'

원지석은 스마트폰을 보며 경의적인 시선을 보냈다.

한채희는 협상을 할 때 디 마테오의 건을 참고했다.

11/12시즌, 감독대행으로 챔피언스리그를 우승한 디 마테오가 정식 감독이 되었을 때 받았던 주급이 13만 파운드였다.

첫 빅이어, 팀의 레전드란 걸 감안해서 그 정도의 금액을 받은 거겠지만 원지석은 이제 데뷔한 새내기. 그랬기에 9만 파운드 정도가 한계였고 대신 다른 쪽으로 타협을 했다.

만약 연승 보너스나 우승 보너스를 타낸다면 꽤 많은 액수를 받을 수 있을 것이다.

─그래서 계약은 어떻게 하실래요?

한채희가 물었다.

어떤 대답이 나올지 뻔히 예상된다는 느낌이 가득했다.

이번 일은 자신의 능력을 증명하기 위한 단기계약이었다. 만약 계약을 맺지 않는다면 그녀와의 일은 더 이상 없을 터였다.

물론 한채희의 예상대로 대답은 정해져 있었지만.

원지석은 망설임 없이 대답했다.

"하죠."

*　　　　*　　　　*

「[BBC] 원지석, 첼시의 정식 감독이 되다」
「[스카이스포츠] 원지석의 계약기간은 1년?」

마침내 언론들이 원지석의 공식 부임을 알렸다. 하나 특이

한 점이 있다면, 계약기간이 1년밖에 되지 않는다는 점이었다.

이 때문에 원지석의 실패를 예상하고 적절한 생색내기용 계약이 아니냐는 말이 있었다.

계약기간이 짧을수록 경질 위약금에 대한 부담이 없기 때문이었다.

원지석은 이에 대해 자신의 의견을 직접 밝혔다.

"1년은 제가 제안한 기간입니다. 잠깐의 성공으로 안주할 생각은 없습니다. 능력이 되지 않는다 생각될 땐 바로 떠나는 게 서로 좋은 일이죠."

어찌 보면 건방지다 들릴 인터뷰였지만, 그 패기를 좋게 보는 이들 또한 있었다.

그들은 원지석이 새로운 무리뉴, 새로운 퍼거슨이 되길 원하며 새로운 감독을 응원했다.

「[오피셜] 첼시, 원지석 감독 정식 선임」

그렇게 원지석은 첼시의 정식 감독이 되었다.

계약은 한채희가 문자로 보낸 내용 그대로였다.

이후 그는 그녀를 정식 에이전트로 세우며 축구 외적인 일을 맡겼다. 자신의 능력을 기대 이상으로 증명했기에 가능한 일이었다.

캐서린과 휴가를 즐긴 그는 첼시에 복귀했다.

곧 이적 시장이 열리며, 프리시즌이 시작된다.

원지석은 이번 이적 시장에서 제대로 된 보강을 촉구했다. 지난 시즌의 스쿼드는 개선될 부분이 많았다. 팀의 목표가 챔피언스리그인 만큼, 보강은 필수였다.

하지만 그의 바람과는 반대로 첼시의 이적 행보는 지지부진한 편이었다.

「[오피셜] 바바 라만, 샬케로 임대 이적」

「[오피셜] 질로보지, 선덜랜드로 이적」

오히려 방출 소식을 더 많이 접하게 되었다.

사실 계약 자체만 놓고 본다면 고개가 끄덕여지는 방출들이었다.

바바 라만은 경기 내내 크고 작은 실수들을 많이 저지르며 불안한 모습을 보였고, 질로보지 역시 자신의 능력을 증명하지 못했다.

문제는 영입 부분이다.

첼시는 아직까지 단 한 명의 선수도 영입하지 못하고 있었다.

"시발, 미쳤습니까?"

결국 화가 난 원지석이 에메날로에게 소리쳤다.

안경을 닦던 에메날로가 눈살을 찌푸리며 답했다.

"무례하군."

"무례고 나발이고, 나는 지금 당신이 무슨 생각을 하고 있는지 미칠 거 같군요."

"하지만 어쩌겠는가? 딱히 살 매물이 없는걸."

어깨를 으쓱이는 그를 보며 원지석은 인내의 한계를 시험받았다. 이걸 말이라고 지껄이는지, 아직 영어의 심오함을 깨닫지 못했는지.

"그래서 뭘 살 생각은 있습니까?"

"있지."

에메날로는 고개를 끄덕였다.

그가 내민 것은 한 선수의 스카우트 자료집이었다.

원지석 역시 잘 아는 선수였다.

"캉테요?"

"바이아웃이 있더군. 지난 시즌의 활약을 생각하면 오히려 싼 값이라 생각되는 금액이야."

은골로 캉테.

포지션은 중앙미드필더로, 지난 시즌 레스터 시티가 우승이라는 기적을 이룰 때 핵심적인 역할을 한 선수였다.

바이아웃.

선수가 구단과 계약을 맺을 때 넣을 수 있는 이적 허용 조항으로, 금액을 맞추기만 한다면 구단이 팔기 싫다고 해도 선수는 떠나는 게 가능했다.

확실히 지난 시즌 리그 최고의 미드필더에게 430억이라는 바이아웃은 저렴하게 느껴질 금액이었다.

"하지만 문제가 있지."

그런 만큼 캉테를 노리는 구단은 많았다.

지역 라이벌인 아스날의 감독 벵거 역시 캉테에게 관심을 표명한 상황이었다. 프랑스 리그의 거부 PSG나 최근 유럽 이적 시장에 무섭게 침투한 중국 역시 마찬가지였고.

만약의 경우엔 캉테가 레스터 시티를 떠나지 않을 수도 있었다.

"자네가 한번 설득해 보겠나?"

"시벌."

원지석이 으르렁거리며 토한 욕설을 못 들은 척 무시한 에메날로가 웃었다.

*　　　　　*　　　　　*

결국 에이전트를 통해 캉테의 연락처를 알아낸 원지석은 조심스레 전화를 걸었다. 귓속에 들리는 신호음에 그가 한숨을 쉬었다.

"어쩌다 내가."

이런 건 스카우트 팀과 영업 팀에서 할 일이 아니던가.

또 이런 일을 시키면 반드시 엎어버린다는 생각을 할 때, 신호음이 끊겼다.

―여보세요?

상대방이 전화를 받은 것이다.

괜히 헛기침으로 목을 가다듬은 원지석이 어렵게 입을 뗐다.

"여보세요? 캉테 선수?"

―네. 그렇긴 한데…….

"에이전트에게 말은 들으셨겠지만, 첼시의 감독인 원지석이라고 합니다. 지금 통화 가능할까요?"

―오, 정말요?!

의외로 캉테의 반응은 매우 좋았다.

생각 못 한 반응에 원지석이 고개를 갸웃거릴 때, 캉테가 흥분한 듯 소리쳤다.

―저 팬이에요!

"네? 정말요?"

얼빠진 대답이었지만 그만큼 의외인 말이기도 했다. 그가 프로감독으로 데뷔한 것은 지난 시즌 겨울이 처음이었는데,

팬이 될 건덕지가 있었나?

―뮌헨과의 2차전 봤어요!

"아, 네."

갑자기 텐션이 높아진 목소리에 원지석이 당황할 정도였다. 덕분에 원지석은 좀 더 편하게 영입 의사를 전할 수 있었다.

"저는 새 팀을 짜고 싶어요. 만약 캉테 선수가 우리 팀에 온다면, 핵심적인 역할과 함께 무릎이 부러질 때까지 뛸 수 있습니다. 어떠세요?"

무릎 이야기는 농담이었다.

캉테도 깔깔 웃으며 대답했다.

―정말이죠? 기다릴 겁니다!

전화를 끊은 원지석이 안도의 한숨을 쉬었다.

설마 대화가 이런 식으로 흘러갈 줄은 몰랐는데, 뭐 어떤가.

일단 한 건 했다.

*　　　　　*　　　　　*

첼시의 내부 개선은 계속되었다.

이번에도 많은 유망주가 임대로 팀을 떠났고, 팬들의 사랑을 받았던 선수들도 팀을 떠났다.

오스카와 하미레스가 중국으로 떠나고, 이바노비치가 러시아로 떠났다.

특히 오스카는 어마어마한 이적료와 함께 떠났기에 작은 논란이 될 정도였다. 야망이 부족하고 돈만 보는 선수라는 게 그 이유였다.

하지만 원지석은 그 의견에 전부 동의하진 않았다.

선수마다 가장 중요한 게 달랐다.

누군가는 구단에 바치는 충성심, 누군가는 주전 자리, 누군가는 축구계에서의 위상. 그게 돈이 된다고 해서 문제 될 것은 없었다.

모든 건 자신의 선택이었다.

그 선택으로 인한 결과를 감수한다면 말이다.

「[오피셜] 앤디와 킴, 첼시와 프로 계약을 맺다」

떠나는 사람이 있다면 새로운 얼굴도 있는 법이었다.

사진 속에는 계약서에 사인을 하는 킴과 앤디의 모습이 찍혀 있었다. 그 뒤에는 원지석이 웃고 있는 모습이 보였다.

이제까지 유소년 계약으로 경기를 뛴 둘이었다. 구단에서는 그만큼 보상을 해준다는 약속을 했기에 불만 없이 남은 시즌을 치를 수 있었다.

팀의 핵심 유망주이자 미래.

거기다 지난 시즌에 보여준 활약을 통해 둘은 나쁘지 않은 주급을 받게 되었다. 여기서도 한채희가 대리인이 되어 활약한 것은 숨길 필요 없는 일이었다.

그렇게 계약을 한 킴이 어딘가로 전화를 걸었다.

전화를 받은 사람은 그의 어머니였다.

"엄마? 응. 지금 계약했어."

잠시 입을 다문 그가 말했다.

항상 유망주답지 않게 표정의 변화가 없다는 소리를 듣는 킴이었지만, 지금 그의 눈가는 젖어 있었다.

"이젠 일 그만 나가도 돼."

돈은 누군가에겐 매우 중요한 게 될 수 있었다.

원지석은 전화를 끊고 멍하니 있는 킴의 어깨를 두드려 주었다.

9 ROUND
새 술은 새 부대에

원지석이 이번 이적 시장에서 가장 공들인 것은 수비진의 개선이었다.

그간 첼시의 수비를 책임지던 존 테리와 케이힐은 그 폼이 많이 떨어진 상황.

이바노비치는 떠났고, 그나마 수비진을 책임지는 아스필리쿠에타가 있었지만 혼자서는 한계가 있다. 풀백, 센터백 상관없이 보강이 필요한 시점이었다.

하지만 첼시는 예전처럼 앞뒤 가리지 않고 돈을 지르지 않았다.

로만을 차치하더라도, 현재 구단의 궁극적인 목표는 재정적인 자립이었다. 그랬기에 스쿼드에서 한 사람이 빠져야 한 사람을 영입하는 정책을 고수했다.

다행이라 해야 할까. 의도치 않게 겨울 이적 시장에서 돈을 아낀 첼시는 이번 여름에 더 많은 지출을 할 수 있었다.

물론 그 속사정은 썩 유쾌하진 않았다만.

원지석은 스카우트 팀에서 보낸 자료들을 끊임없이 검토했다. 하지만 그 선수를 영입해 달라고 요청한다고 해서 살 수 있는 건 아니었다.

"알렉스 산드루 사줘요."

알렉스 산드루는 포르투에서 잠재성을 인정받고, 이후 유벤투스에서 기량을 꽃피우는 왼쪽 풀백이었다.

바바 라만이 떠난 자리를 알렉스 산드루로 채운다면 완벽한 보강이 될 것이다.

원지석은 그렇게 설득했지만 에메날로는 고개를 저었다.

"지난 시즌에 이적한 데다, 이제 포텐이 터지는 선수인데 유벤투스에서 잘도 보내주겠군!"

물론 원지석도 가능할 거라 생각하고 신청한 건 아니었다. 일종의 심리전이었다. 처음에 불가능해 보이는 선수를 올리고, 이후 가능하지만 살짝 비싼 선수를 신청한다.

다른 구단과의 심리전이 아닌, 에메날로와의 심리전이라는 게 씁쓸했지만 말이다.

"그럼 이 선수는 어때요?"

원지석은 진짜 카드를 꺼냈다.

그 선수의 이름은 지브릴 시디베.

스카우트 팀에서 강력히 추천한 오른쪽 풀백으로, 이번 이적 시장에서 AS 모나코와 강하게 연결되고 있는 선수였다.

"음, 나쁘진 않은 선수인데."

에메날로의 반응이 한층 누그러졌다.

시디베는 프랑스 리그 팀인 LOSC 릴의 소속으로 꾸준한 활약을 보였다. 더군다나 릴과 깊은 관련이 있는 아자르가 설득을 한다면 영입은 더욱 쉬울 것이다.

무엇보다 15m라는 예상 이적료가 매력적이었다.

한화로 약 180억이면 그다지 부담스러운 가격도 아니었다.

현대 축구에서 선수들의 몸값은 끊임없이 오르고 있었다. 리그 최고 수준이 아닌, 괜찮다는 평가를 받는 선수들까지 수백억을 호가한다.

만약 이런저런 프리미엄이 붙는다면 반절은 더 오를 것이다.

그런 면에서 시디베는 매력적인 매물이었다. 선수를 다시 팔 경우를 언제나 염두에 둘 에메날로라면 더더욱.

"하지만 괜찮겠나? 아직 유럽 대항전에서 자신을 검증하지 못한 선수를 사도?"

에메날로의 말은 괜한 게 아니었다.

유망주들이 자신의 잠재성을 가장 빨리 인정받는 방법은 유럽 대항전이었다. 세계적인 선수들, 세계적인 클럽들과 경쟁할 수 있으니까.

시디베의 가격이 저렴한 이유도 여기에 있었다.

"검증받은 선수는 안 사줄 거잖아요?"

"그 이적료가 합리적이라면 못 할 것도 없지."

뼈가 있는 말에 에메날로가 어깨를 으쓱였다.

말이라도 못하면.

원지석은 이를 갈며 떠났다.

이후 첼시는 시디베 영입을 착수했다.

이미 모나코와의 이적이 근접했지만 마리나는 무서운 여자였다.

이적료를 더 얹으며 하이재킹으로 협상에 꼈는데, 그게 옆에서 보는 사람에겐 아슬아슬한 줄타기를 보는 것 같았다.

"아직 근본적인 보강은 아니야."

원지석은 스카우트 명단을 보며 고민에 빠졌다.

즉시 전력이 될 수 있는 선수를 산다고 하더라도 시즌은 길다. 열한 명의 선수로는 모든 경기를 뛸 수 없었다.

수준급의 백업이 필요했다.

결국 원지석은 임대를 떠나려던 나단 아케를 팀에 남겼다.

이미 유소년 감독 시절 지도한 경험이 있었기에, 그가 어떤 선수인지는 확실히 알고 있는 상황이었다.

아케는 풀백과 센터백, 심지어 수비형미드필더까지 뛸 수 있는 멀티플레이어였다. 수비진의 뎁스를 채우는 데 많은 도움을 줄 것이다.

그렇게 프리시즌이 시작되기 전, EPL 올해의 감독상 후보에 원지석이 이름을 올렸다.

「[오피셜] EPL 올해의 감독상을 차지한 라니에리」

물론 수상은 레스터의 우승을 이끈 라니에리의 몫이었다. 그렇다고 해서 실망할 필요는 없었다. 그만큼 첼시가 시즌 후반기에 보여준 퍼포먼스가 높게 평가받았다는 말이니까.

「[오피셜] 첼시, 레스터 시티의 캉테 영입」
「[오피셜] 첼시, 릴의 시디베 영입」

동시에 영입 오피셜이 떴다.

이번 이적은 팬들에게서 좋은 반응을 이끌었다.

시디베는 잘 모르는 사람이 많았지만, 캉테는 지난 시즌 리그 최고의 미드필더였다. 특히 두 명의 이적료가 저렴한 편이라는 게 크게 작용했다.

"대형 선수 좀 삽시다."

첼시는 아직 많은 돈이 남은 상황이었다. 특히 중국에 선수들을 팔며 꽤 많은 이적료를 올린 게 컸다.

많은 선수들이 첼시와의 링크가 떴다.

그중에는 생각지도 못한 기사가 뜨며 이상한 루머가 생성되기도 했다.

「[더 선] 첼시, 바이에른의 보아텡에게 비드」

「[트라이벌 풋볼] 메시를 영입하려는 첼시!」

「[메트로] 바이아웃으로 네이마르를 사려는 첼시?」

그들이 말하는 익명의 관계자가 대체 누구인지 궁금할 지경이었다. 한 번은 그 기사들을 들고 에메날로에게 쳐들어간 원지석이 말했다.

"보아텡이라! 이건 좋은 생각 같은데요?"

"잠꼬대는 집에서 해."

이적 시장이 열리며 바쁜 시간을 보내는 에메날로가 피곤한 얼굴로 고개를 저었다.

새로운 선수를 영입하지 못했더라도 방법이 아예 없는 건 아니었다.

임대를 떠났던 선수들이 돌아왔기 때문이다.

주전 자리를 위해, 폼을 유지하기 위해, 성장하기 위해.

다양한 이유로 임대를 떠났지만 제대로 성장해 돌아온 선수는 몇 되지 않는다.

원지석은 이 선수들 중에서 쓸 만한 선수를 찾았다.

제일 먼저 스쿼드에 포함시킨 선수는 빅터 모제스였다.

왼쪽 오른쪽을 가리지 않는 윙어로, 드리블 실력만큼은 뛰어난 선수였다.

"야 이, 내가 공만 끌고 가랬지, 새끼야!"

원지석의 호통에 모제스가 움찔하는 모습이 보였다.

프리시즌 첫 경기인 라피드 빈과의 경기에서 모제스는 왼쪽 윙어로 선발 출장을 했다.

확실히 드리블 속도는 빠른 선수였다. 이후 되지도 않는 모습으로 수비를 제치려 하거나, 슛을 날려서 문제지.

원지석은 그때마다 소리를 지르며 모제스를 조련했다. 그릇된 플레이는 프리시즌에서 다 바꿀 생각이었다.

모제스와 함께 스쿼드에 포함된 선수가 있다면 마리오 파샬리치였다.

포지션은 중앙미드필더로, 95년생인 어린 나이임에도 임대로 간 팀마다 자신의 경쟁력을 증명한 선수였다.

특히 지난 시즌 모나코에서 유로파 리그를 뛰었기에 유럽 대항전 경험 역시 있었다.

「[텔레그래프] 첼시 '철 밥통' 미켈은 중국으로 떠난다」

파샬리치가 스쿼드에 가세함에 따라 잉여 자원인 미켈이 팀을 떠나게 되었다. 이 역시 첼시 팬들이 환호할 방출이었다.

첼시는 계속해서 팀을 개선하고 있었다.

이제 남은 것은 최전방공격수였다.

물론 디에고 코스타는 매우 좋은 선수지만 그 백업이 문제였다. 로익 레미가 팀을 떠났으니 공격수 영입 또한 필수적이었다.

「[스카이스포츠] 첼시, 알바로 모라타 영입?」

그때 모라타의 영입이 수면 위에 올랐다.

바이백을 통해 유벤투스에서 다시 레알 마드리드로 돌아간 모라타의 거취를 두고 많은 영입설이 떠오른 것이다.

모라타를 팔며 얻은 돈으로 포그바를 영입한다는 게 레알의 계획이었다.

수많은 루머와 함께 첼시의 프리시즌은 계속되었다.

고무적인 것은 시디베와 캉테가 프리시즌부터 좋은 모습을 보여준다는 거였다.

원지석은 프리시즌 동안 쓰리백과 포백을 번갈아 가며 선수들에게 더 맞는 전술을 시험했다.

시디베가 매우 공격적이라면 왼쪽의 아케는 좀 더 수비적인 풀백이었다. 상대 진영까지 침투하기보다는 남은 빈자리를 안정화하는 역할을 받았다.

프리시즌에서 보인 전술은 실험적이었다. 그랬기에 모든 경기를 이기진 못했지만, 정규시즌이 아닌 만큼 크게 신경 쓸 일은 아니었다.

"어차피 프리시즌이야."

지금 얼마나 많은 자료를 얻느냐에 따라 시즌 결과가 달라질 수 있다.

하지만 공격수 영입은 좀처럼 이루어지지 않았다.

모라타 영입에 제동이 걸렸기 때문이다.

「[오피셜] 포그바, 맨체스터 유나이티드로 돌아가다!」

레알 마드리드가 포그바의 영입을 실패하며 모라타 역시 판매 대상에서 제외된 것이다.

"어쩔 수 있나."

원지석은 다른 곳에 눈을 돌리기로 했다.

그러지 않아도 오늘은 유망주 입단 테스트가 열리는 날이었다.

최근 스탬포드 브릿지 근처에 위치한 곳에 집을 마련한 그가 출근을 하기 위해 밖으로 나왔을 때였다.

"응?"

그는 익숙한 얼굴을 발견할 수 있었다.

사실 1년 만에 보는 얼굴이지만, 워낙 기억에 남았던 일이라 쉽게 잊을 수 없는 녀석이기도 했다.

지난번 입단 테스트에서 U18 팀을 상대로 홀로 네 골을 넣으며 큰 파문을 일으킨 녀석.

그럼에도 축구엔 별 관심이 없다며 바람처럼 사라진 제임스 파커였다.

"제시, 왜 그러는 거야!"

그는 연인인지 모를 여자와 함께 있었는데, 그녀의 얼굴이 구겨진 걸 봐서는 잘 풀리지 않는 모양이었다.

원지석은 팔짱을 끼고 둘의 모습을 지켜보았다.

제시라는 흑인 여성의 눈매는 매우 날카로웠다. 그 눈빛을 마주한다면 어지간한 사람도 움츠러질 정도로.

"왜 그러긴! 이 얼간아! 언제까지 그렇게 살 거야!"

무슨 큰 잘못을 저지른 것일까? 그녀가 쏘아붙이자 제임스는 더욱 쭈그러들며 시선을 낮게 깔았다.

"하지만."

"하지만은 무슨 하지만! 또 그 멍청이들이랑 어울린 거 내가 모를 줄 알고!"

제시의 분노는 극에 달한 상태였다.

제임스는 힙합을 한다며 크루라는 떨거지들과 어울려 다녔는데, 그 질이 좋지 않은 녀석들이었다. 그래서 몇 번이나 경고를 했음에도 그 약속은 지켜지지 않았다.

이번에 터진 문제가 심각한 이유는 또 있었다.

그 얼간이들은 자기가 한 짓을 인스타그램에 버젓이 자랑했다. 거기에 다른 여자와 입을 맞추고 있는 제임스가 찍힌 게 문제였다.

"이제 끝이야!"

"안 돼, 제시! 제발!"

제임스의 절규를 뒤로하며 그녀가 몸을 돌렸다.

힐을 신었음에도 성큼성큼 걷던 그녀의 걸음이 갑자기 멈추었다.

아까부터 옆에서 보고 있던 원지석과 눈이 마주쳤기 때문이다.

"앗!"

제시가 멍하니 입을 벌리며 소리쳤다. 마치 좋아하는 록밴

드를 눈앞에 둔 소녀처럼.

그것은 착각이 아니었는지 그녀가 무섭게 다가오며 원지석의 어깨를 잡았다.

"윈? 원 감독님?!"

"네, 맞습니다만."

"오, 하느님!"

첼시의 팬이었던 건지 그녀가 호들갑을 떨며 핸드백에서 펜을 꺼냈다. 사인이라도 받으려는 건가 했지만, 정작 종이가 없는 듯 제시의 얼굴이 일그러졌다.

원지석이 눈을 크게 뜬 건 이다음이었다.

제시가 난데없이 자신의 상의 속으로 손을 넣더니, 이내 딸깍 하는 소리와 함께 무언가를 꺼낸 것이다.

검붉은 천 쪼가리.

그것은 그녀의 브래지어였다.

"사인해 주세요!"

"뭐야?!"

뒤에 있던 제임스가 기겁하며 다가왔다.

하지만 제시는 상관하지 않으며 계속해서 원지석의 눈을 바라보았다.

'일단 해줘야 하나.'

결국 원지석이 얼떨떨한 얼굴로 브래지어에 사인을 해주었다. 손에 느껴지는 온기를 신경 쓰지 않고 사인을 하자, 이번 에는 그녀가 원지석을 꽉 끌어안으며 볼에 입을 맞추었다.

"스페셜 원! 이번 시즌도 힘내요!"

눈을 찡긋거린 그녀가 자리를 떠났다.

볼에 붉은색 입술 자국이 찍힌 것을 모르는 원지석이 고개 를 돌려 제임스를 보았다.

질투에 일그러진 얼굴을 보니 의외로 쉽게 풀릴 거 같단 생 각이 들었다.

"당신 뭐 하는 사람이라고 했지?"

제임스가 고개를 갸웃거리며 물었다. 그가 기억하는 원지 석은 귀찮게 자신을 쫓아다니던 찰거머리에 불과했다. 자신의 사랑인 제시가 호들갑을 떨며 좋아할 사람으로는 절대 보이 지 않았다.

물론 이 녀석이 지금까지 무슨 생각을 하던 상관없는 이야 기였다.

중요한 것은 지금부터가 아니겠는가.

원지석은 어깨를 으쓱이며 답했다.

"축구 감독인데."

"축구? 좋아. 내가 못 할 것도 없지."

고개를 끄덕이는 제임스를 보며 원지석이 씨익 웃었다.

그에게 당한 사람이라면 그 미소에 경기를 일으키겠지만, 애

석하게도 눈앞의 먹잇감은 아무것도 모르는 물고기였다. 그것
도 살이 먹음직스럽게 오른.

"오늘 축구 입단 테스트가 있는데, 해볼래?"

미끼는 던져졌다.

＊　　　　＊　　　　＊

원지석이 도착했을 땐 이미 스카우트 팀과 유망주들이 모
여 있는 상황이었다.

프로감독이 된 이상 굳이 올 필요는 없겠지만, 되도록이면
어떤 녀석이 있는지 직접 보고 싶기도 했다.

새로운 녀석을 데려오기도 했고.

"그 녀석은?"

스카우트 팀과 이야기를 나누던 비세르가 돌연 눈을 번뜩
이며 다가왔다. 그 역시 제임스라는 녀석이 남겼던 파문을 기
억하는 모양이었다.

"기억하시죠? 작년 테스트 때 그놈."

"물론이지. 앤디만큼은 아니지만 저런 놈도 흔치 않은걸. 어
떻게 데려왔나?"

"우연히 만났죠."

원지석은 거기까지 말하고 쓴웃음을 지었다.

제시에 관한 이야기는 할 필요가 있을까.

문제는 훈련장에서 만난 앤디에게 사진을 찍혔다는 거였다.

그제야 볼에 남은 입술 자국을 발견했지만 이미 늦은 상황.

'폰을 확인하기 무섭군.'

아까부터 캐서린에게 오는 문자를 애써 무시하는 중이었
다. 슬쩍 하나를 확인했지만 소름이 돋아서 다른 것을 볼 용
기가 나지 않았다.

[전화 받아.]

고개를 저은 원지석이 비세르에게 물었다.

"눈에 띄는 녀석은 있나요?"

"그런 녀석이 하나 있긴 한데."

비세르가 눈짓으로 한쪽을 가리켰다.

원지석은 그게 누구를 말하는지 단번에 알 수 있었다.

일단 컸다.

언뜻 봐도 190㎝에 근접해 보이는 키.

거기에 떡대 역시 장난이 아니다. 조각 같은 근육은 아니지
만 레슬러 같은 두꺼움이 느껴졌다.

"혹시 미식축구로 잘못 알고 온 거 아니에요?"

"기록을 보니 럭비를 하긴 했더군. 그것도 꽤나 유명했다

던데."

비세르가 쓴웃음을 지으며 답했다.

저 덩치 큰 녀석의 이름은 라이언 반스.

실제로 몇 달 전까지 럭비 유망주로 이름을 날리던 녀석이었다.

오죽하면 월반을 거듭해 더 높은 나이대의 형들과 시합을 했지만, 거기서도 꿀리지 않았다고 한다. 거기다 플레이도 굉장히 투쟁적이어서 얻게 된 별명이 하나.

글래디에이터.

검투사였다.

그런 만큼 럭비를 그만둔다며 충격 선언을 했을 땐 많은 구단들이 눈물을 흘린 모양이었다. 차세대 스타를 잃었다면서.

그랬던 라이언이 이제는 축구 입단 테스트에 모습을 드러냈다.

"괜찮을까요?"

원지석이 라이언을 보며 고개를 갸웃거렸다. 겉모습만 봐선 도저히 공을 다루지 못할 거 같았기 때문이다.

"뭘 그러나. 긱스도 맨 처음엔 럭비로 시작했어."

맨유의 전설인 라이언 긱스는 유명 럭비선수였던 아버지의 영향을 받아 어릴 적에 럭비를 한 적이 있었다.

그 말에 원지석이 고개를 끄덕였다. 확실히 직접 확인해 보지 않고선 모르는 일이다.

'이 녀석도 그렇고.'

고개를 돌리자 뒤에서 멀뚱히 있던 제임스가 보였다. 원지석은 녀석을 다른 코치에게 보내며 프로필을 적게 했다. 이번에는 다른 사람이 아닌 본인의 것으로.

그렇게 얼마나 기다렸을까, 준비가 끝난 스카우트 팀이 신호를 보냈다.

유소년들의 입단 테스트가 시작되었다.

기본적인 것은 앤디와 킴이 했던 것과 별반 다르지 않았다.

피지컬 테스트를 한 뒤엔 볼을 다루는 기술을 본다. 역시 제임스와 라이언의 개성이라 해야 할지, 차이점이 확연히 드러나기도 했다.

제임스는 테크닉이 아주 뛰어난 선수였다.

패스, 슈팅, 심지어 공격을 하기 위한 위치 선정까지.

"마치 호마리우를 처음 봤을 때 같군."

호마리우.

한때 유럽을 평정했던 전설적인 공격수.

비록 쓰레기 같은 멘탈 때문에 잡음이 많았지만, 페널티에어리어 안에서만큼은 독보적인 모습을 보였던 선수.

그런 호마리우를 직접 발굴했던 비세르가 미소를 감추지 못했다.

제임스의 재능은 그 정도로 뛰어났다. 앤디가 지하 깊숙이 숨겨진 석유라면, 녀석은 길바닥에 굴러다니던 다이아몬드였다.

솔직히 지금 당장 1군에 올려도 무리가 없겠지만 문제는 그 정신머리였다.

얼마나 뛰었다고 갑자기 팍 식은 얼굴이 되어 어슬렁거리기 시작한 것이다. 더군다나 본인의 플레이 역시 이기적인 편이었다.

"게으른 천재인가. 이건 양날의 칼도 아니야. 손잡이가 없는 칼이지."

굳이 호마리우가 아니더라도 축구사에 게으른 천재는 매우 많았다. 하지만 그 잠재성을 꽃피운 선수는 드물었다.

"뭐, 일단 길들여 봐야죠."

원지석이 쓰게 혀를 찼다.

킴같이 아주 훌륭하게 바뀐 케이스가 있지 않은가. 잘 조련해 보는 수밖에.

그렇다면 이제 남은 것은 라이언이었다.

확실히 수많은 럭비 팀이 탐내던 유망주답게 피지컬은 발군이었다. 속력, 지구력, 몸싸움, 반응 속도까지 뭐 하나 빠지는 게 없었다.

"하지만……."

원지석이 골치 아프다는 듯 눈가를 손으로 덮었다.

라이언의 공을 다루는 기술은 형편없었다. 사실상 발로 공을 만진 기간이 얼마 되지 않는다는 게 맞을 것이다.

그냥 공을 끌고 나가는 드리블은 나쁘지 않았다. 다른 녀석들이 감히 공을 건들지 못했으니까.

아주 기초적인 짧은 패스도 최악은 아니다.

문제는.

쾅!

박격포 같은 소리와 함께 저 하늘 높이 떠오르는 공이 보였다. 저걸 롱패스, 슛이라고 한 게 문제였다.

라이언은 중간이 없었다.

최고 속력이 아니면 걷기.

풀 파워 차징이 아니라면 아주 약한 힘으로.

"그냥 럭비 팀으로 보내는 게 맞겠구먼."

비세르가 웃으며 신경을 건드렸다.

킥력 자체는 엄청났다. 저걸 받을 사람이 없어서 그렇지.

"수비수로 키워보는 건 어떨까요?"

확실히 저 덩치에 놀라운 속력과 순발력을 생각한다면 나쁘지 않은 의견이었다. 비세르 역시 고개를 끄덕이며 동의했다.

"측면수비수가 낫겠군."

그렇게 입단 테스트는 끝났다.

두 명 모두 치명적인 단점이 있지만, 그만큼 뛰어난 개성을 가진 녀석들이었다.

"보석일지 자갈일지, 닦아보자고."

유소년 팀에 새로운 얼굴이 들어왔다.

제임스는 피지컬만 단련한다면 1군 스쿼드에 들어가기 부족함이 없었다. 그랬기에 팀플레이와 체력을 중점으로 집중 훈련을 시켰다.

라이언 같은 경우엔 특별한 과외 선생님이 붙었다.

"부탁해요."

그 과외 선생님은 존 테리였다.

확실히 존 테리는 첼시만이 아니라 역대 센터백 중에서도 손에 꼽히는 수비수였다. 수비를 가르치는 선생님으로는 더할 나위 없을 것이다.

다만.

"혹여 잘못된 방향으로 물들이면 알죠? 그 불알을 떼버릴 테니까."

"이젠 안 그런다니까."

이건 진심이었다.

차라리 지금 떼버릴까 으르렁거리니 존 테리 역시 서둘러 고개를 끄덕였다.

"아랫도리는 안 돼."

원지석은 라이언에게도 신신당부하며 말했다.

비세르가 라이언 긱스의 이야기를 해서 그런가, 하필이면 이름도 같았기에 괜히 불안한 마음이 생겼다.

"절대!"

"그럴 일은 없다. 라이언은 여자보다 축구가 재미있다."

이건 또 무슨.

농담인가 싶었지만 그 진지한 눈을 보니 아무래도 진심인 모양이었다. 여자 때문에 축구를 시작한 제임스와는 달라도 너무 달랐다.

테리에게 튜터링을 받는 라이언의 모습을 보며 원지석의 얼굴이 떨떠름해졌다.

좋은 건가, 나쁜 건가.

이 녀석 역시 범상치 않다는 건 알겠다.

*　　　*　　　*

첼시의 프리시즌이 끝났다.

프리시즌은 나쁘지 않다고 말할 수 있었다.

점점 발이 맞는 모습을 보여주며 전술에 녹아가는 모습을 보였기 때문이다.

하지만 이적 시장은 좋지 못한 상황이었다.

백업 공격수의 영입은 아직까지 이루어지지 않았다.

"시벌."

결국 최악의 상황을 대비해야만 했다.

방법이 없는 건 아니다. 아자르의 제로톱이나, 아니면 유스에서 훈련 중인 제임스를 빨리 데뷔시키든가.

어느 쪽이나 근본적인 해결책은 되지 못하겠지만.

그렇게 시즌이 시작되었다.

다행인 점은 시즌 초반엔 상대적으로 무난한 팀들을 만났다는 거였다. 첼시는 어렵지 않게 승점을 쌓으며 나아갔다.

쓰리백도 포백도 모두 나쁘지 않았다. 특히 시디베는 골과 어시스트를 기록하며 빠르게 적응하는 모습을 보여주었다.

이제는 확실한 센터백을 보강해야 했다.

나단 아케는 아직 어리고, 케이힐은 언제 폼이 떨어질지 모른다. 존 테리는 사실상 정신적 지주였고.

더군다나 포백일 때는 케이힐과 주마를 세워야 했는데, 이 둘은 지능적인 수비에서 부족함을 보였다. 거기다 둘 중 하나라도 부상을 입는다면 답이 없었다.

하지만 이적 시장도 어느덧 막바지였기에, 이제 자신의 선수를 팔려고 하는 팀은 많지 않았다.

그때 에메날로가 하나의 영입을 물어보았다.

첼시에서 PSG로 이적한 다비드 루이스가, 다시 첼시로 되돌아오는 게 어떠냐는 거였다.

최근 벤치로 밀려난 루이스였기에 선수 본인이나 PSG나 조건이 맞으면 이적은 빠르게 성사될 것이다.

"불발탄 같은 선수라 좀."

원지석은 그 이적이 마땅치 않았다.

루이스는 공격 본능이 매우 높은 선수로, 수비 라인에서 뛰쳐나가는 빈도가 많은 선수였다.

"하지만 이제 다른 선수들은 살 수 없어."

에메날로의 말에 원지석은 하마터면 주먹을 날릴 뻔했다. 이적 시장 내내 뭘 하다가 마지막 날에야 이런 말을 지껄이다니, 뻔뻔하기도 하지.

"공격수 영입은요?"

"모라타 영입에 끝까지 매달려 봤지만 안 되더군. 비세르에게 보고받았네. 제임스라는 녀석, 한번 써보게."

틀렸다.

이래서야 지난여름이랑 별반 다를 게 없지 않은가.

루이스가 영입될 경우 수비 쪽의 뎁스가 넓어질 것은 사실이다. 그러나 최악의 경우도 상정해야 했다.

루이스가 먹튀가 되거나, 아케가 성장하지 못하거나.

'짜증 난다.'

자신의 업무실에 돌아온 원지석이 한숨을 쉬었다.

만약 재계약 제의를 받는다면, 에메날로의 해고에 따라 답변이 다를 것이다.

'최고의 경우는.'

챔피언스리그를 우승한다면.

그때는 미련 없이 떠날 수 있겠지.

결국 첼시는 이적 시장의 데드라인 동안 루이스를 영입하는 데 성공했다.

「[오피셜] 다비드 루이스, 첼시로 돌아오다」

이적료는 PSG로 갈 때보다 저렴했다.

그럼에도 팬들은 부정적인 반응을 보였다.

─루이스??? 얘 이번 시즌 파리에서 쩌리로 밀려났잖아.

─야!! 왜, 왜!!

─보드진 진짜 뭐 하냐? 지난여름에도 이러다 전반기를 통째로 말아먹더니!!

어쩌겠는가. 시즌은 시작되었는걸.

원지석은 현재 스쿼드에서 최상의 전력을 뽑아내야 했다.

루이스가 뛰쳐나가더라도 그 부담을 최소화할 포메이션은 뭐가 있을까.

'쓰리백.'

쓰리백이라면 확실히 그 부담이 줄어들겠지.

대신 중원이나 공격진의 부담이 늘어날 것이다.

'어쩌면.'

원지석은 노트북을 열어 하나의 영상을 재생했다.

존 테리에게 튜터링을 받는 라이언의 모습이 보였다.

쓰리백이지만 무늬만 쓰리백이라면?

'통한다면 케이힐의 부담마저 줄여줄지 모른다.'

원지석은 태블릿 펜을 꺼냈다.

예전에는 수첩에 적으며 전술 노트를 만들었다면, 지금은 태블릿 패드를 선호했다.

페이지 맨 위에 적힌 전술 이름은 이랬다.

「럭비 맛 뚝배기 전술.」

잠깐 머뭇거린 원지석이 그 아래에 무언가를 더 끄적거렸다.

「참고로 뚝배기=머리입니다.」

새로운 전술이 짜이고 선수들이 발을 맞추는 동안 챔피언 스리그의 조별 추첨식이 시작되었다.

수많은 팀들이 자신의 가치를 증명하기 위해 겨루는 별들의 전장. 첼시 역시 후반기에 기적적인 반전을 만들며 겨우 참가하게 되었다.

「[오피셜] 챔스 조 추첨 발표」

벤피카.

도르트문트.

첼시.

AS 모나코.

기이하게도 해당 조에 속한 네 팀 모두가, 이 조라면 할 만하다고 생각하도록 짜인 것이다.

*   *   *

첼시가 속한 F조는 기묘했다.

첼시, 벤피카, 도르트문트, AS 모나코.

네 팀 모두 절대적인 강팀은 아니지만, 그렇다고 우습게 볼

팀도 아니었다. 어찌 보면 한 경기, 한 경기에 피가 말릴 죽음의 조였다.

먼저 벤피카는 최근 포르투갈 리그를 지배하는 팀이었다. 거기다 유럽 대항전에서도 나쁘지 않은 성적을 보여주는 중이었고.

도르트문트는 14/15 시즌 수렁에 빠졌지만, 지난 시즌 새롭게 부임한 투헬 감독의 지도 아래 반등에 성공했다.

AS 모나코 역시 플레이오프에서 비야레알을 인상적인 모습으로 격파하며 쉬운 상대가 아님을 알렸다.

어쩌면 조 1위를 할 수도 있겠는데?

어쩌면 조 2위로 진출할 수 있겠는데?

어쩌면 쟤는 잡을 수 있겠는데?

네 팀 모두 각자의 야망과 함께 챔피언스리그를 준비했다.

그러면서도 첼시는 리그에서 무서운 상승세를 이어갔다.

특히 주목할 점은 골 득실이었다. 매 경기 두 골 이상을 넣는 무서운 공격력을 뽐냈지만, 실점은 극히 적은 모습을 보여주었다.

BBC에서 방영하는 축구 분석 프로그램인 MOTD에서도 이 점을 다루었다.

─원은 팀을 환상적으로 바꾸었어요. 특히 새로 영입한 선

수들을 아주 잘 써먹고 있습니다.

─동감입니다. 이번에 원이 직접 발 벗고 나서며 영입한 캉테, 시디베는 팀의 퀄리티를 높여주는 선수들입니다.

─지난 시즌에 원에 대해 평가하기엔 아직 이르다고 했었죠. 이제는 조심스레 말할 수 있을 거 같군요. 저는 그가 시즌 마지막까지 우승을 다툴 거라 생각해요.

지금 모습을 시즌 후반기까지 보여준다면 우승도 무리가 아닐 것이다.

다만 패널들이 조심스레 그 말을 한 이유는, 현재 리그에서 우승을 노리는 팀들이 그만큼 많았기 때문이다.

무리뉴의 맨유.

과르디올라의 맨 시티.

현재 맨체스터의 두 팀 모두 무패 행진을 달리며 첼시와 승점이 같은 상황이었다.

더군다나 언제든지 그 자리를 위협할 팀들이 군침을 삼키는 상황. 단 한순간의 방심으로 미끄러진다면 그대로 레이스에서 탈락할 것이다.

반대로 어느 팀도 응원하지 않는 중립 팬들은 이 상황을 매우 흥미롭게 보고 있었다.

세계적인 감독들과 새롭게 두각을 드러내는 감독들의 싸움을 기대하며.

「[타임즈] 곧 다가올 무리뉴 더비」

처음 부딪친 상대는 맨유였다.

이전에도 우승을 다툰 경쟁 상대였지만, 이번 시즌은 특히 많은 이야기가 있는 두 팀의 대결이었다.

첫 번째는 무리뉴였다.

그는 첼시 역사상 가장 뛰어난 감독이자 팬들의 사랑을 받았던 감독이었다. 하지만 지난 시즌 처절한 실패를 겪으며 결국 목이 잘렸다.

이후 첼시는 새로운 감독으로 부임한 원지석의 지휘 아래 매우 뛰어난 성적을 거두는 중이었다.

원지석과 무리뉴 사이에 얽힌 이야기 역시 사람들의 관심을 끌었다.

「[스카이스포츠] 원지석, 조제는 아버지 같은 존재」
「[스카이스포츠] 무리뉴, 원은 세계 최고가 될 수 있다」

단순한 스승과 제자가 아닌 그 이상의 유대가 느껴지는 관계. 하지만 지금 이 순간만큼은 서로의 목에 칼을 겨누게 될 것이다.

첫 맞대결은 첼시의 홈인 스탬포드 브릿지에서 이루어졌다.

적장으로 돌아온 무리뉴가 관중석을 가득 채운 푸른 물결을 보았다. 인테르 시절에도 적장으로서 온 적은 있지만, 그때와는 다른 이야기였다.

이제는 같은 리그인 맨유의 감독으로.

이제는 원정팀의 라커 룸에서 경기를 준비한다.

경기가 시작하기 전 첼시 선수들이 먼저 자리를 잡아 일렬로 섰다. 원정팀인 맨유의 선수들은 그런 첼시 선수들과 악수를 하며 지나갔다.

"잘해보자고."

"안 봐줄 겁니다."

원지석과 무리뉴가 악수를 나눈 뒤 각자의 벤치로 돌아갔다.

첼시는 이번 경기에 쓰리백으로 나섰다.

특이한 점은 왼쪽 윙백으로 시디베가, 오른쪽 윙백으로는 모제스가 섰다는 점이었다.

라이언을 쓰기 전 실험용으로 써본 전술이었지만, 생각보다 뛰어난 경기력에 이제는 메인 전술로 써먹을 정도였다.

시디베는 오른발잡이였지만 왼쪽 윙백에서도 좋은 모습을 보여주었다. 그가 좌우 가리지 않는 멀티플레이어라서? 그것과는 조금 달랐다.

인버티드 윙백.

반대 발을 쓰는 윙백이란 말로, 일반적인 풀백과는 달리 중원 싸움에 적극적으로 가담하는 역할이었다.

그런 만큼 수비 쪽의 부담이 늘어나겠지만 쓰리백에선 그 부담을 최소화하는 게 가능했다.

반대로 오른쪽 윙백인 모제스는 측면의 터치라인을 파고 들어가는 돌파력이 뛰어났다.

즉 양 윙백이 매우 공격적이라 뒤에서 받쳐주는 세 명의 중앙수비수들 역시 중요한 전술이었다.

"달려!"

원지석의 외침과 함께 모제스가 빠른 속도로 달리기 시작했다. 어느새 하프라인을 넘어 페널티에어리어 근처까지 다가가자, 그가 흠칫 고개를 돌렸다.

이미 맨유의 선수들이 패스를 끊어내기 위해 동료들을 에워싸고 있었다.

결국 페널티박스에 있는 코스타를 노리고 크로스를 날렸는데, 골키퍼인 데 헤아가 먼저 공을 잡으며 공격이 무산되었다.

"괜찮아!"

원지석은 그런 모제스에게 화를 내는 대신 격려를 보냈다. 욕심을 부리다 공을 헌납했으면 어마어마한 욕설이 쏟아졌겠지만.

데 헤아가 멀리 공을 던지며 맨유의 역습이 시작되었다.

공을 잡은 사람은 포그바였다.

맨유의 유스였지만 성장을 위해 팀을 떠나고, 이후 세계 최고 이적료를 경신하며 돌아온 선수.

아직 자신의 자리를 찾으며 전술에 적응하는 중이지만 그 능력만큼은 의심할 바가 없었다.

그랬기에 원지석은 오늘 전술로 쓰리백을 들고 온 것이다. 수비적인 이유만이 아니라, 포그바를 지우기 위해서.

"같이 가자."

"아오!"

아까부터 지겹도록 달라붙는 킴 때문에 포그바가 짜증을 부렸다. 거기다 시디베마저 가담해 압박을 하니 숨을 쉬기가 어려운 상황이었다.

어렵게 공을 뚫는다 해도 첼시의 쓰리백은 매우 단단했다.

첼시로 돌아온 루이스는 포백에서 불안한 모습을 보였기에 팬들의 우려를 샀지만, 쓰리백에서는 매우 좋은 활약을 해주며 다른 선수가 되었다.

모든 게 완벽해 보이는 이 전술에도 단점이 있었다. 공격진에 그만큼 큰 부담이 실릴 수밖에 없는 것이다. 중원에서의 빌드 업을 기대하기 어려웠으니까.

하지만 첼시 공격진엔 리그 최고의 크랙이 있다.

―아자르! 공을 끊어낸 시디베의 패스를 받습니다!

지난 시즌 후반기부터 폼을 회복한 아자르는 이번 시즌에도 매우 무서운 모습을 보여주었다.

폼을 회복했음에도 원지석은 그에게 수비 가담을 요구하지 않았다. 쓰리백은 그에게 무거운 갑옷을 입힐 필요가 없는 전술이었다.

맨유의 우측 풀백인 발렌시아를 돌파한 아자르가 그대로 페널티에어리어로 진입했다.

그 상대는 에릭 바이.

단단한 피지컬로 파워풀한 플레이를 즐기는 선수로, 이번 시즌 비야레알로부터 영입된 센터백이었다.

바이는 섣불리 태클을 하는 대신 각도를 내주지 않으며 계속해서 마킹을 시도했다. 어느덧 발렌시아가 돌아오자 그제야 태클을 하기 위해 발을 뻗었다.

하지만 아자르는 앞으로 파고 들어가는 대신 뒤로 몸을 뺐다.

공 역시 뒤로 흘러가는 상황.

코스타는 다른 센터백인 스몰링이 마크하고 있었기에 받을 수가 없었다.

모두가 멍하니 공의 흐름을 쫓았다.

오직 한 사람만을 제외하고는.

금발을 휘날리며 뛰어와 이미 슈팅 준비를 끝낸 소년.

앤디였다.

―앤디가 뜁니다! 앤디! 앤디이이이!

―고오오올! 앤디가 환상적인 골을 만들어냅니다! 이번 시즌 리그에서만 벌써 다섯 번째 골!

앤디가 기뻐하는 모습이 중계 카메라에 찍혔다.

딱히 특별한 셀레브레이션이 없어도 준수한 외모 덕에 그림을 만드는 소년이었다.

한 골이 들어가자 경기의 양상은 변하기 시작했다.

맨유는 골을 만회하기 위해 더욱 공격적인 모습을 취했으며, 첼시 역시 지지 않겠다는 듯 맞불을 놓았다.

그리고 결과는 명확했다.

맨유는 이번 시즌 최악의 경기력을.

첼시는 이번 시즌 최고의 경기력을 보여준 것이다.

―앤디 또 골입니다! 이걸로 멀티골을 달성합니다!

프리킥으로 골을 넣은 앤디가 환하게 웃으며 동료들과 포옹을 나누었다.

스코어는 벌써 4 : 0.

코스타와 아자르가 한 골씩, 그리고 앤디가 두 골을 넣었다.

에릭 바이가 부상으로 전력에서 이탈하면서 맨유의 수비는 붕괴되었다. 왼쪽 풀백인 블린트는 경기 내내 최악의 모습을 보여주며 대패의 원흉이 되었다.

어찌 보면 지난 시즌 첼시가 보여주던 최악의 경기력이 떠오를 정도였다.

경기도 어느새 끝이 다가왔다.

그때 한 노래가 울렸다.

무리뉴를 조롱하는 노래였다.

너는 내일 아침 경질될 거야!

첼시의 홈 팬들 중 한 무리가 부른 노래에 다른 홈 팬들이 발끈하며 무리뉴의 이름을 불렀다.

무리뉴! 무리뉴! 무리뉴!

엉망이었다.

그렇게 경기 중 무리뉴를 조롱하는 노래가 나오면 다시 무리뉴의 이름을 연호하는 게 반복되자, 고개를 저은 원지석이 그쪽을 향해 다가갔다.

"하지 마요, 하지 마!"

그만하라는 제스처에 노랫소리가 잠잠해졌다.

하지만 잠시뿐이었다.

다시 울리는 노랫소리를 들으며 원지석의 얼굴은 구겨져 있었다.

결국 경기는 첼시의 대승으로 끝났다.

무리뉴는 첼시의 선수들과 악수를 나누고 마지막으로 원지석과 얼굴을 마주했다.

"얼굴 펴. 승장인데 웃어야지."

"쪽팔리네요."

"이런 게 축구 아니겠나. 씁쓸하긴 해도."

떠나는 무리뉴의 뒷모습을 보며 원지석이 한숨을 쉬었다. 이후 믹스트 존에 모습을 보일 때도 굳은 얼굴은 그대로였다.

"오늘 대승을 거두었는데 기쁘지 않으신가요?"

"승리는 기쁩니다. 하지만 일부 팬들의 수준 떨어지는 노래 때문에 불쾌하군요."

"경기 후반 무리뉴를 조롱하던 노래를 말씀하시는 건가요?"

"네. 그가 지난 시즌 부진 끝에 경질된 감독이라지만, 지금의 첼시를 있게 만들어준 감독이란 것도 사실입니다. 그런 저

질스러운 행태는 스스로에게 하는 먹칠이란 걸 알아야 합니다."

한 가지 다행인 점은 그 노래를 불렀던 무리가 소수였다는 것에 만족해야 할까.

「[스카이스포츠] 첼시, 4골을 넣으며 맨유를 대파!」

「[타임즈] 처참하게 무너진 무리뉴 감독」

「[텔레그래프] 팬들의 노래에 실망한 원」

어찌 됐든 라이벌을 상대로 거둔 대승이었다.

팬들은 기뻐했으며 선수들의 사기 역시 매우 오른 상태였다.

이제는 챔피언스리그를 대비해야만 했다.

첫 경기였던 벤피카전은 2 : 0이라는 스코어 끝에 첼시가 승리를 거두었다.

다음 상대인 도르트문트 역시 AS 모나코를 상대로 승리를 거두었다. 즉, 이 경기에서 이긴 팀은 조 1위로 올라서는 게 가능했다.

보루시아 도르트문트.

별명은 꿀벌 군단으로, 팀을 상징하는 컬러 역시 노란색과 검은색이었다.

그들의 홈인 지그날 이두나 파크는 8만 명을 수용하며 독일에서 가장 큰 경기장으로 이름을 알렸다.

그런 경기장이 노란색과 검은색으로 가득 찼다.

이곳은 벌집이었다.

"우리는 벌매가 됩니다."

벌매는 그 이름답게 벌과 벌의 유충을 먹는 맹금류로, 말벌의 둥지마저 털어 먹는 새였다.

"벌매가 말벌을 어떻게 잡는지 아십니까?"

원지석은 물통을 흔들며 말했다.

"개구리나 도마뱀 같은 걸 나뭇가지에 걸어두죠. 그럼 말벌이 그 고기를 떼어가 자신의 둥지로 가져가는데, 벌매는 그 뒤를 쫓아갑니다."

미끼를 통해 벌집을 찾은 벌매는 사정없이 그 둥지를 박살낸다. 그들의 독침은 벌매에게 통하지 않으니까.

결국 벌매는 여유롭게 말벌 유충을 포식한다.

오늘 첼시는 그런 벌매가 될 것이다.

그렇다면 고기는 누구의 몫인가.

원지석은 물통을 한 녀석에게 던지며 말했다.

"네가 고기다."

"라이언은 고기가 아니다. 라이언은 벌매다."

우직하게 말하며 일어나는 거인.

그는 라이언 반스였다.

콰직.

그 손에 잡힌 물병이 형편없이 구겨졌다.

*   *   *

어쩌면 조 1위가 결정될 수 있는 경기.

첼시와 도르트문트의 라인업이 발표되자 작은 소란이 일었다.

그 이유는 첼시의 왼쪽 윙백으로 나온 라이언 반스라는 무명의 선수 때문이었다.

—라이언 반스가 누구……?

—이번 여름에 들어온 유망주라는데??

—무리뉴는 유소년을 안 쓰더니 그 제자라는 감독은 왜 이러냐.

파격적인 선발이었다.

이번 여름에 유소년 테스트를 받았다면, 축구선수로서 교육을 받은 건 길어봐야 4개월도 되지 않은 애송이란 뜻이 아닌가.

그만큼 라이언의 선발은 의미를 알 수 없는 무리수라며 많은 비판을 받았다.

물론 원지석이라고 해서 그 사실을 모르는 게 아니다. 하지만 그는 확신할 수 있었다. 현재 1군에서 라이언보다 좋은 피지컬의 선수는 없다는 걸.

실제로 현재 첼시의 피지컬 기록은 모두 라이언이 갈아치운 상황이었다.

─하하, 저 선수가 라이언 반스군요. 솔직히 저도 처음 라인업을 봤을 땐 잘못 적힌 건가 싶었습니다.

─하지만 굉장한 덩치군요. 프로필에는 189㎝로 적혀 있는데, 근육 때문인지 더 커 보이는 느낌입니다.

해설진들이 라이언을 보며 이야기를 나누었다. 그들 역시 TV를 보는 시청자들에게 아무런 정보를 전해주지 못했다. 아무것도 몰랐으니 당연한 이야기였다.

이것은 상대 팀인 도르트문트 역시 마찬가지.

'쉽겠군.'

적장인 토마스 투헬이 턱을 쓰다듬으며 생각했다.

확실히 정보가 파악되지 않은 선수는 변칙적이고 까다롭지만, 그게 이제 막 축구계에 발을 들인 애송이라면?

'수비 호흡이나 맞췄는지 모르겠군.'

도르트문트의 공격진은 매우 속도가 빠르다. 저 둔해 보이는 덩치로 막을 수 있다는 생각은 들지 않았다.

원이라는 녀석은 자신이 한 도박을 뼈저리게 후회하게 될 것이다.

삐익!

휘슬 소리와 함께 경기가 시작되었다.

도르트문트 선수들은 당연하다면 당연하게도 첼시의 왼쪽, 즉 라이언이 있는 곳을 노렸다.

먼저 공을 끌고 돌격한 자는 우스만 뎀벨레.

그 역시 혜성처럼 등장한 유망주였다.

만 나이로 19세인 그는 지난 시즌 프랑스 리그에서 12골을 넣으며 많은 클럽들의 구애를 받았고, 이번 시즌 도르트문트로 이적했다.

엄청난 스피드를 이용한 드리블이 장점으로, 패스 역시 날카로웠다.

'날로 먹겠네.'

뎀벨레는 자신의 앞을 막아선 라이언을 비웃었다. 이런 덩어리를 따돌리는 건 일도 아니다.

그가 공을 옆으로 툭 치고는 빠르게 몸을 움직였다. 간결한 터치만으로 라이언을 저 뒤로 따돌리자, 보는 사람이 감탄할

스피드와 간결한 드리블이 이어졌다.

'쉽네.'

이대로 페널티에어리어 근처까지 달리려고 할 때, 뎀벨레는 흠칫하고 소름이 돋는 걸 느꼈다.

등 뒤에서 느껴지는 압력.

슬쩍 고개를 돌리며 뒤를 확인한 그의 눈이 크게 떠졌다.

"미친, 뭐야!"

어느새 따라온 라이언이 자신의 옆까지 달라붙어 압박을 하기 시작한 것이다. 그 덩치에 그 속력으로 달리니 쏟아지는 중압감이 어마어마했다.

순간 뎀벨레의 머릿속이 멍해졌다.

자신이 속도를 늦췄나?

아니면 이 거인이 마법이라도 쓴 건가.

잠깐의 방심은 공을 뺏기는 결과를 초래했다. 라이언이 뺏은 게 아닌 케이힐의 태클이었다.

라이언은 몇 개월 동안 존 테리에게서 압박과 맨마킹을 중점으로 훈련을 받았다. 어설픈 태클을 하기보다는 다른 방식으로 수비를 하는 게 낫다는 판단으로.

활동 폭이 넓은 라이언이 비비면 발이 느린 케이힐이 공을 뺏는다.

그리고 공을 뺏는다면?

케이힐의 패스를 받은 라이언이 공을 몰고 앞으로 나아가기 시작했다. 정신을 차린 뎀벨레가 자신의 실수를 만회하기 위해 달렸다.

일반적으로 달리는 속도에 비해 공을 몰고 뛰는 드리블은 느릴 수밖에 없었다. 이건 당연한 거였다.

하지만 뎀벨레가 아무리 뛰어도.

그는 라이언에게 닿을 수 없었다.

쿵쿵쿵쿵!

인간 전차가 달리는 모습에 사람들이 숨을 죽였다.

오직 한 사람을 빼고선.

"가즈아아아아!"

"워어어어어!"

원지석의 외침을 들었는지 라이언 역시 함성을 지르며 속력을 높였다.

그는 방패를 들고 돌진하는 검투사였다. 수비수들이 압박을 하기 위해 몸을 비볐지만 모조리 튕겨내며 더욱 탄력을 받았다.

순식간에 패널티 에어리어에 진입한 라이언.

사람들은 라이언이 보여줄 다음 플레이를 기대했다.

굳은 얼굴로 골문을 노려보던 라이언이 발을 들었다. 중거리슛인가? 골키퍼 뷔르키 역시 침을 꿀꺽 삼키며 몸을 긴장시켰다.

톡!

하지만 그 발끝에서 나온 건 아주 짧은 패스였다.

살살 굴러가는 공을 보며 긴장이 풀린 사람들이 숨을 토해 냈다. 하지만 도르트문트의 수비진은 그러지 못했다.

그 공을 받은 게 앤디였으니까.

앤디는 공을 소유하지 않고 지체 없이 원터치 패스를 올렸다. 다른 선수들이 어디에 있고, 어디로 움직일지는 눈을 감아도 알 수 있었다.

낮은 크로스에 발을 뻗는 남자.

첼시가 키우는 또 다른 짐승인 디에고 코스타였다.

철썩!

골이었다.

공을 잘라먹은 코스타가 원정 팬들이 있는 곳을 향해 달렸다. 그 앞에서 포효하는 셀레브레이션을 할 때, 갑자기 뒤에서 안긴 사람 때문에 바닥에 깔려야 했지만.

라이언이었다. 그가 위에 올라타자 코스타의 모습이 보이지 않을 정도였다.

그 위로 킴이, 앤디가.

결국 샌드위치로 바뀐 셀레브레이션이었다.

경기가 시작하고 30초 만에 나온 골.

원지석이 준비한 미끼는 확실했다.

이후 경기 양상은 빠른 속도로 전개되었다.

도르트문트의 공격진은 매우 빠른 속도를 자랑했는데, 특히 스트라이커인 오바메양은 유럽에서 제일 빠른 공격수라 불릴 정도였다.

그런 오바메양이 역습 찬스에서 공을 몰고 달렸다.

어지간한 선수는 그 속도를 따라오지 못한다. 그렇기에 보통은 미리 자리를 잡아서 커버를 하는 걸 택했다.

하지만 오늘 경기는 달랐다.

쿵쿵쿵쿵!

오바메양은 땅이 울리는 소리에 노이로제가 걸릴 것만 같았다. 저 덩어리는 덩치에 어울리지 않게 엄청나게 빠른 다리를 가지고 있었다.

봐라.

벌써 옆에서 자신을 짓누르지 않는가.

"축구 때려치운다, 시벌 놈아."

옆으로 허무하게 밀린 오바메양이 침을 뱉으며 고개를 저었다. 아까부터 이런 식이다. 거기다 어디서 축구를 배웠는지 파울이 되지 않을 정도로 아슬아슬한 선을 지키는 중이었다.

만약 압박을 견디고 더 간다 해도 케이힐이 태클을 준비하고 있었다.

공을 뺏은 라이언은 이번엔 직접 드리블을 하지 않고 캉테에게 공을 넘겼다. 캉테 역시 중원에서 매우 좋은 압박을 하며 뛰어난 모습을 보였다.

캉테가 오른쪽 측면으로 달리는 시디베에게 패스를 하고, 시디베는 앤디에게 공을 넘겨준다.

페널티박스에는 이미 수비수들이 자리를 잡은 상태였다. 한번 슛을 할까 생각하던 중, 저 멀리서 뛰어오는 라이언의 존재가 눈에 띄었다.

'어떡하지.'

이미 도르트문트의 선수들이 자신에게 압박을 하는 중이었다. 크로스를 하면 제때 받을 수 있을까?

"일단 차!"

원지석의 외침에 결국 앤디는 높이 크로스를 올렸다.

"너무 멀어."

수비수들과 헤딩 경합을 벌이려던 코스타가 중얼거렸다. 게다가 너무 높았다. 헤딩 머신 호날두가 와도 저 공을 받아내진 못할 것이다.

다다다다.

그때 멀리서 달리던 라이언이 속력을 더 높였다.

아직 공은 하늘 높이 있는 상황.

그럼에도 그는 점프를 뛰었다. 아니, 그걸 점프라고 할 수 있을까.

"나, 날았다!"

닿지 않을 것만 같았던 공을 라이언이 헤딩에 성공했다.

워낙 타점이 높았기에 공은 골대 구석을 향해 높이 휘어 들어가는 게 보였다.

―아, 아아! 뷔르키가 공을 잡지 못합니다!

―고오오올! 엄청난 데뷔전입니다 라이언 반스!

골을 넣은 라이언이 오른손으로 자신의 왼쪽 가슴을 두드리며 소리를 질렀다.

그렇게 경기는 첼시의 승리로 끝났다.

원지석이 내놓은 벌매 작전은 아주 성공적으로 끝났고, 라이언은 아주 센세이셔널한 데뷔전을 치렀다.

「[스카이스포츠] 첼시, 도르트문트를 격파」

「[BBC] 첼시의 글래디에이터, 꿀벌을 무찌르다」

「[키커] 원지석에게 당한 토마스 투헬」

워낙 임팩트가 큰 경기였는지 독일에서도 화제가 될 정도였다.

"예상하지 못한 선수였고, 예상하지 못한 결과였습니다. 실망스럽군요."

인터뷰를 하는 투헬의 얼굴은 밝지 못했다. 최근 선수단과 불화설이 떠돌고 있었기에 언론은 더욱 많은 루머를 생산했다.

"매우 성공적인 데뷔전이었습니다. 하지만 아직 갈 길이 멀죠. 라이언은 더욱 성장해서 돌아올 겁니다."

원지석의 얼굴은 밝았다.

그 사기적인 피지컬은 예상했지만, 생각보다 팀플레이에 긍정적인 모습을 보여준 게 만족스러웠다.

"라이언은 맹수다. 고기가 아니다."

라이언의 인터뷰에 기자들이 고개를 갸웃거렸지만, 어찌 되었든 별난 유망주의 등장이었다.

「[타임즈] 럭비 초신성의 축구 데뷔」

거기다 라이언의 과거가 언론을 통해 알려지기도 했다.

당시 영상이 첨부되기도 했는데, 혼자 달리는 것을 아무도 막지 못했다. 미리 자리를 잡은 사람이 달려들면 튕겨 나가기 일쑤였고.

—우워어어!

저 특유의 고함 소리는 이때부터였나.

쓰게 웃은 원지석이 존 테리에게 태클 훈련을 받는 라이언을 보았다.

어찌 되었든 자주 쓸 카드는 아니다. 당분간은 훈련을 통해 수비 실력을 더욱 높여야만 1군에 뽑힐 수 있을 것이다.

'그리고.'

원지석이 화가 난 듯 공을 뻥뻥 차는 제임스를 보았다.

녀석은 라이언이 자기보다 먼저 데뷔를 하자 자존심에 큰 스크래치가 남겨진 모양이었다.

어느 날에는 원지석을 찾아가 자기를 언제 데뷔시켜 줄 거냐고 따진 적이 있었다. 과한 승부욕이 불러온 참사였다.

"미쳤냐?"

뭐, 한 번 당한 이후에는 조용해졌지만 말이다. 대신 저렇게 자기를 뽑아달라는 듯 무력시위를 했다.

"다음 경기에 써보는 건 어때?"

스티브 홀랜드가 실실 웃으며 자신의 의견을 꺼냈다.

다음 경기는 EFL컵.

즉 리그 컵이었다.

FA컵과는 달리 상징성도 부족한 데다, 괜히 주전들의 체력만 낭비될 수 있기에 보통은 2군이나 유소년들이 나서기도 한다.

상대는 지난 시즌 우승을 이룬 레스터 시티.

하지만 최근 레스터의 분위기는 좋지 못한 상황이었다.

핵심 선수인 캉테가 빠져나간 게 컸다.

거기다 우승 주역인 바디와 마레즈 역시 지난 시즌보다 부진한 편이었고.

"나쁘지 않네요."

부진한 만큼 레스터는 승리를 맛보기 위해 주전을 내보낼 가능성이 컸다. 즉 1군 팀을 상대로 제임스가 어디까지 할 수 있나 판단할 수 있는 좋은 기회일 것이다.

이후 리그 컵 경기 당일.

예상대로 레스터의 수비진은 1군으로 구성되어 있었다.

반면 첼시는 골키퍼까지 바꾼 대거의 로테이션이 이루어졌다. 쓰리백이며, 왼쪽 윙백으로는 라이언이 모습을 드러냈다.

중원은 킴과 로프터스 치크가 섰다. 치크는 앤디가 등장하기 이전까지 팀에서 가장 많은 기대를 받던 유망주였다.

그리고 공격진은 쓰리톱으로 양측에 윌리안과 페드로가, 그리고 가운데에는 제임스가 섰다.

―화제의 신인인 라이언 반스가 선발 라인업에 이름을 올

렸습니다.

　―이번 경기에서 데뷔전을 치르는 선수가 있는데, 최전방 공격수로 나온 제임스 파커입니다. 과연 어떤 모습을 보여줄지 기대가 되는군요.

　라이언의 데뷔전 덕분인지, 제임스라는 파격적인 선발에도 사람들의 반응은 많이 누그러진 모습을 보였다.

　역시 제임스는 사람들의 기대를 배신하지 않았다.

　경기가 시작하고 20분쯤 지났을까, 제임스는 생각보다 촘촘한 레스터의 수비진에 얼굴을 구겼다. 아예 들어갈 틈을 주지 않는 것이다.

　그러다 온 패스.

　패스를 발바닥으로 고정시킨 그가 다시 발등으로 트래핑을 하며 공을 높이 띄웠다.

　아니, 뜬 것은 공만이 아니었다.

　제임스도 곡예를 하듯 그대로 발을 들며 몸을 뒤집었다.

　뻥!

　게임에서나 나올 오버헤드킥은 수비수들의 머리 사이를 뚫고 골문 구석을 향해 쏘아졌다.

　골키퍼 슈마이켈이 손을 뻗었지만 이미 늦은 상황.

　출렁!

잔디에 누워서 흔들리는 골 망을 본 제임스가 피식 웃으며 몸을 일으켰다.

"쉽네."

그러면서 라이언에게 무언가 제스처를 보내는 게, 마치 자신이 이 정도니 까불지 말라는 것처럼 보였다.

"우워어어!"

하지만 다르게 알아들은 라이언이 그대로 제임스를 덮치며 포효했다. 코스타에 이은 강제 샌드위치 셀레브레이션. 이에 다른 선수들이 참가하며 그 위에 올라탔다.

사람들은 새로운 유망주들을 보며 환호했다.

유망주들이 성장해서 오랫동안 팀을 위해 뛰는 건 모든 팬들이 바라는 이상적인 모습이었다.

새로운 감독.

새로운 선수.

새로운 유망주.

첼시는 이전과는 다른 새로운 팀으로 바뀌는 중이었다.

10 ROUND
내부 단속

리그 컵은 상대적으로 사람들의 관심을 받지 못하는 대회다. 이번 첼시와 레스터의 경기 역시 마찬가지였다.

결과는 첼시의 무난한 승리였지만, 관심을 받은 것은 새로 나타난 골잡이였다.

제임스 파커.

데뷔 경기에서 해트트릭을 달성한 유망주.

특히 골을 넣으면서도 특유의 오만한 얼굴이 눈에 띄었다. 골이 들어가는 게 당연하다는 그 태도.

"들어가는 게 당연했죠."

경기의 최우수선수로 선정되며 한 인터뷰 역시 건방지기 짝이 없었다. 그것을 싫어하는 사람이 있으면 좋아하는 사람도 있게 마련이라, 모두가 그를 욕한 건 아니었다.

―멘탈 한번 죽이네.
―이제 첫 경기인데 너무 건방진 거 아니냐? 발로텔리처럼 망하는 거 아닐까 몰라.
―그래도 겁먹은 것보다 낫지.

하여간 라이언에 이어 새롭게 나타난 신인이라 할 수 있었다. 덕분에 또 하나의 유망주를 발굴한 원지석에게 찬사가 쏟아졌다.

「[BBC] 유망주 화수분 첼시? 중요한 건 감독이다」

원지석의 유소년 감독 시절 이야기가 재조명되며 언론에 알려졌다. 앤디와 킴부터 이제는 라이언과 제임스까지.
단순히 유망주를 알아보는 게 다가 아니라, 어떻게 쓰는지가 중요하다는 거였다.
더군다나 현재 1군 스쿼드에 자리 잡은 킴과 앤디는 원지석이 첼시에 오기 전 발굴한 선수들이었다. 이러한 점 때문에 그는 팬들의 더 큰 사랑을 받았다.

하지만 원지석의 눈살이 찌푸려지는 일이 생겼다.

「[더 선] 첼시 유망주 제임스, 물 담배를 피우다!」

공신력은 최악이지만, 사생활 부분에 한해서 공영방송에 근접한다는 더 선이 내놓은 기사였다.

사진 속 제임스는 기다란 파이프로 물 담배를 피고 있었다. 사실 어렵게 구한 사진도 아니다. 그의 크루라 불리는 떨거지들이 인스타에 버젓이 올린 사진이니까.

―미친 핏덩어리 새끼가.

―근본 살살 녹는다.

건방졌던 인터뷰와 달리 이번 사건의 반응은 극히 좋지 못했다.

만약 어디 동네 조기 축구선수라면 상관없는 이야기일 것이다. 그러나 그게 프로라면 다른 이야기가 된다.

유망주라고 해서 돈을 받지 않는 게 아니다. 돈을 받는 이상 선수들은 그 값어치를 해야 한다.

액수가 다를지라도 그것은 변하지 않는 사실이었다.

자기 관리도 그중 하나였다.

경기장에서 오래 뛰어야 하는 축구선수에게 담배란 죄악시되는 물건이었다. 심할 경우엔 구단 내에서 흡연하는 걸 들켜 쫓겨난 선수마저 있을 정도였다.

원지석 역시 그랬다.

쾅!

거친 소리와 함께 제임스가 히익 하며 어깨를 움츠렸다. 얼굴을 가린 손가락 사이로 감았던 눈이 슬쩍 떠졌다.

바닥을 구르는 철제 쓰레기통이 보였다. 문을 열자마자 바로 자신의 옆을 스쳤던, 지금만큼은 흉기나 다름없는 물건이.

그걸 던진 원지석이 싸늘하게 말했다.

"죽을래?"

제임스는 스스로가 겁쟁이가 아니라는 것에 자부심을 가진 사람이었다. 하지만 저 남자가 화를 낼 때만은 달랐다.

고양이 앞의 쥐처럼, 아니, 목줄이 풀린 투견을 앞둔 것처럼 저절로 고개가 수그러졌다. 이것은 생존 본능에 가까웠다.

지은 죄가 있는 그가 변명하듯 입을 열었다.

"아니, 내가 진짜 안 하려고 했는데요."

"그럼 이 사진은 뭐냐."

원지석이 태블릿 패드에 이미지 하나를 띄웠다. 눈을 감고 물 담배 파이프를 물고 있는 제임스가 있었다.

"다시 보니 더 짜증 나네."

"아니! 일단 진정하고! 다시는 안 그럴 테니까요!"

싹싹 비는 제임스를 보며 원지석이 한숨을 쉬었다.

철부지를 상대로 뭐 하는 건가 싶었지만, 그래도 확실히 해 둬야 할 사안이기도 했다.

"이게 마지막 경고야. 이딴 구설수가 한 번이라도 더 나오게 된다면, 구단에서 쫓겨날 각오를 하는 게 좋아."

원지석의 으르렁거림에 제임스가 얼른 고개를 끄덕였다. 그러고는 도망치듯 사무실을 떠났다.

문이 닫히는 소리와 함께 원지석이 손으로 눈가를 눌렀다. 골치 아픈 녀석이었다. 뛰어난 재능이 있기에 더욱 안타깝기도 했고.

제임스는 철저한 쾌락주의자였다.

흥미가 있으면 하고, 없으면 하지 않는다.

옆에서 보기에 녀석은 이성이란 게 없는 짐승 같은 놈이었다.

작년에 친구 대신 입단 테스트를 뛰었을 때가 대표적이었다. 그때 녀석은 재미가 없다며 쿨하게 제 갈 길을 떠났다.

그러던 놈이 여자 친구의 마음을 얻겠다고 다시 돌아왔다. 그 정도로 본능에 이끌려 사는 제임스에게 담배란 참기 힘든 유혹이었을 것이다.

"어디 수도원에 감금시켜야 되나."

멘탈이 쓰레기인 선수가 갱생하는 경우는 크게 두 가지가 있었다.

첫 번째는 나이를 먹으며 철이 드는 것.

이건 극히 드문 경우였다.

두 번째는 결혼을 하고 아이를 낳는 것.

가장 많이 볼 수 있는 케이스였다.

지난번에 만났던 제시와는 아직도 사귀는 모양이지만, 결혼과 연애는 다르다. 지금은 어쩔 수 없이 원지석이 목줄을 잡고 제어해야만 했다.

"별 미친 또라이가."

원지석은 아픈 머리를 꾹꾹 누르며 다음 경기에 대한 계획을 세웠다.

*   *   *

첼시는 리그에서 리버풀을 만났다.

리버풀은 지난 시즌 후반기부터 부임한 클롭 아래 새로운 팀으로 다시 태어났다.

게겐 프레싱.

전방위 압박을 통한 빠른 공수 전환.

클롭은 이러한 자신의 축구 철학을 리버풀에 접목시켰다. 결과는 성공적으로, 특히 확 바뀐 공격진이 눈에 띄었다.

왼쪽 윙에서 포텐이 터진 쿠티뉴는 매우 좋은 플레이메이커였고, 이번에 새로 영입된 마네는 오른쪽 윙에서 리버풀의 공격을 이끌었다.

물론 게겐 프레싱은 그 장점만큼이나 단점도 명확하다.

상대 팀이 수비 라인을 극단적으로 내린다면 그만큼 수비와 중원의 간격이 벌어지게 된다.

만약 역습이라도 당할 경우엔, 그 빈 공간을 속절없이 털리게 되는 것이다.

바로 지금처럼.

"우워어어어!"

라이언이 괴성을 지르며 달리기 시작했다.

첼시가 수비 라인을 극단적으로 내린 만큼 리버풀의 공수 간격도 벌어진 상황.

초원 위를 달리는 사자처럼 라이언은 잔디를 밟으며 속력을 올렸다. 공격에 가담하던 리버풀 선수들이 서둘러 그 뒤를 따랐지만 워낙 빠른 속도였기에 차이는 더욱 심해질 뿐이었다.

그 앞을 막아선 건 데얀 로브렌이었다.

기복이 극심한 중앙수비수로, 이번 시즌 리버풀의 수비진에서 삽질이 나온 장면은 대부분 이 선수가 연관되어 있다고 봐도 좋았다.

원지석 역시 이 상황을 대비해 경기 시작 전 미리 귀띔을
해주었다.

'저 새끼, 허접이야. 그냥 달려.'

"라이언은 달린다!"

쿵!

공이 멀리 나아갔다.

멀리 나아간 그것은 패스도, 그렇다고 슛도 아니다.

전성기 카카가 자주 썼고, 지금은 베일이나 로벤 같은 드리
블러가 자주 쓰는 개인기.

킥 앤 러시.

일명 차고달리기였다.

─아! 라이언이 로브렌을 크게 따돌립니다!

매우 강한 힘으로 뻗어진 공은 터치라인을 따라 그대로 아
웃될 거 같았다. 하지만 라이언은 기어코 공을 다시 잡아냈으
며, 그대로 페널티에어리어 안쪽을 향해 달렸다.

─남은 수비수가 없어요! 결국 미놀레 골키퍼가 앞으로 나
옵니다!

다른 센터백인 마티프는 하프라인 근처에서 공격에 가담하는 중이었기 때문에 돌아오기엔 늦은 상황이었다.

미뇰레는 침을 꿀꺽 삼키며 슬쩍 고개를 돌렸다.

마티프와 함께 필사적으로 뛰고 있는 아자르와 코스타가 보였다.

라이언도 몇 경기에 나온 만큼 파악된 게 있는데, 그것은 슛을 하지 않는다는 거였다. 아무리 좋은 찬스를 맞이해도 직접 마무리를 하지 않고 다른 동료들에게 패스를 한다.

'이번에도!'

미뇰레의 시선에 마티프가 고개를 끄덕였다. 그는 좀 더 안쪽에 있는 아자르에게 붙으며 언제라도 패스를 커팅할 수 있도록 각도를 좁혔다.

라이언이 발을 들었다.

이런 상황 역시 예상한 원지석이 특별한 지시를 해둔 바였다.

센스가 있는 선수는 이런 상황에서 공을 높이 띄우는 칩슛이나, 인사이드로 감아서 찰 것이다.

하지만 이 피지컬 괴물은 발밑 센스가 절망적이었다. 하지만 차고달리기처럼 가장 기본적이지만, 효과적인 기술이 있긴 했다. 골키퍼가 가장 막기 힘들어하는 공간이.

'가랑이 보이지? 거기가 네 골문이야.'

일명 알까기라 불리는 기술이.

쾅!

낮게 깔아 찬 공이 대포알처럼 미뇰레의 가랑이 사이를 통과하며 골대로 쏘아졌다.

오싹한 느낌에 사타구니를 막은 미뇰레가 그대로 주저앉으며 공을 잡으려 했지만, 공은 이미 골 망을 출렁인 뒤였다.

아니, 출렁인 것으로 끝나지 않았다. 그대로 골 망을 찢으며 근처에 있던 안전 요원을 맞춘 것이다.

"크헉!"

안전 요원은 보통 경기장에 등을 지고, 혹시 모를 상황을 대비해 관중을 마주 보는 형식이었다. 그랬기에 갑자기 뒤에서 날아온 공을 피하지 못하고 쓰러졌다.

ㅡ아! 골과 동시에 안전 요원이 쓰러집니다!

ㅡ팀닥터가 들것을 들고 나오는군요!

다행히 안전 요원은 큰 부상 없이 몸을 털었다. 팀닥터가 등짝을 까본 결과 멍이 들긴 했지만 심각할 정도는 아니기에 고개를 끄덕였다.

―골도 골이지만 엄청난 슛이었습니다. 골 망을 찢어낸 뒤에도 강한 힘으로 사람을 강타했어요. 저걸 맨몸으로 막는다면 끔찍한 일이 생길 거 같군요.

―하하! 말 그대로 인간 병기입니다!

"우워어어!"

그제야 라이언이 셀레브레이션으로 왼쪽 가슴을 두들기며 포효했다.

등 뒤에서 앤디가 점프를 하며 업히듯 안겼다. 그럼에도 라이언은 꿈쩍도 하지 않았다. 이후 아자르, 킴이 올라타자 마치 인간 트리 같은 모습이 되었다.

결국 해프닝과 함께 경기는 끝났고, 첼시가 승점 3점을 가져가게 되었다.

「[스카이스포츠] 축구 판에 등장한 골리앗」

이번 경기에서 라이언이 보여준 차고달리기는 사람들에게 매우 큰 인상을 남겼다. 덩치에 어울리지 않는 엄청난 속력, 그리고 덩칫값을 하는 슈팅까지.

"축구장이 콜로세움이면 라이언은 검투사입니다. 팀엔 그런 존재가 필요하죠."

생각보다 라이언은 팀에 빠르게 적응하고 있었다.

그리고 다시 돌아온 챔피언스리그.

첼시는 다음 상대로 AS 모나코를 기다리는 중이었다.

만약 이번 경기에서 첼시가 승리한다면 챔피언스리그 F조에서 1위 자리를 공고히 굳히는 게 가능했다.

그리고 AS 모나코 역시 조별 예선에서 떨어지지 않으려면 승점이 반드시 필요한 상황. 양 팀 모두 중요한 경기가 될 것이다.

적장인 레오나르두 자르딤은 여러모로 특이한 사람이었다.

모나코에 오기 전엔 그리스의 올림피아코스라는 곳에서 일을 했는데, 팀을 잘 이끌어가던 중 구단주의 아내와 불륜을 저지른 게 들켜 도망치듯 팀을 떠났다.

하지만 능력만은 진짜였는지 이후 모나코에 부임한 후 흔들리던 팀을 빠르게 수습했다. 특히 유망주를 기용하는 능력으로 사람들을 놀라게 했다.

핵심 유망주인 앙토니 마샬이 떠났지만, 유스 팀에서 끌어올린 선수들이 매우 빠르게 적응하며 빈자리가 느껴지지 않을 정도였다.

또 선수들을 관리하는 능력도 주목을 받았다.

대표적인 케이스가 모나코의 스트라이커 팔카오였다.

그는 맨유와 첼시에서 쓰디쓴 실패를 경험한 뒤 모나코로 복귀했다. 하지만 이후 자르딤의 지도 아래 폼을 회복하는 데 성공하여, 현재 날카로운 골감각을 보여주는 중이었다.

이번 경기 역시 사람들의 관심 여부는 팔카오가 골을 넣느냐 마느냐에 쏟아졌다. 첼시 시절 끔찍한 부진을 겪었던 그가, 그런 첼시에게 골을 넣는 것은 언제나 재미있는 소재가 되니까 말이다.

하지만 경기가 시작한 후.

원지석은 멍하니 다른 선수를 보고 있었다.

그 선수는 두 명.

왼쪽 측면의 미드필더로 나온 토마 르마와, 투톱 중 하나로 나온 킬리안 음바페.

경기 중 가장 빛나는 선수는 저 둘이었다.

지금 이 순간만큼은 팔카오도 아자르도 보이지 않았다.

특히 음바페 같은 경우는 올해 처음으로 프로 계약을 한 애송이였다. 그럼에도 주눅 들지 않고 자신의 플레이를 보여주며, 그 재능을 뽐내고 있었다.

"잘하는데?"

원지석이 중얼거렸다.

이런 기분은, 앤디가 눈을 감았을 때 이후 처음이었다.

*　　　*　　　*

축구계엔 재능이 넘치는 유망주가 너무 많다.

당장 첼시 유소년 팀을 봐도 그랬다. 어디를 가도 주목받는 소년들일 것이다. 그들을 직접 지도했던 원지석이기에 누구보다 잘 아는 사실이었다.

그럼에도 자신의 넋을 잃게 만들었던 녀석은 앤디가 유일하다고 단언할 수 있었다.

슈퍼스타에게는 다른 선수들에게서 느껴지지 않는 특유의 이질적인 느낌이 있다. 원지석은 앤디에게서 그걸 느꼈다.

그리고 지금.

모나코에도 그런 녀석이 있었다.

'킬리안 음바페.'

폭발적인 스피드, 뛰어난 개인기, 훌륭한 슈팅 능력까지.

이 정도만 해도 매우 뛰어난 유망주일 것이다. 하지만 저 소년에게선 그 이상의 무언가가 느껴졌다.

멘탈적인 부분이 그랬다.

매우 침착하고 또한 과감하다.

그 장점은 결국 모나코의 선제골을 이끌었다.

─고오올! 사람들의 예상을 깨고 르마가 골을 터뜨립니다!

─하지만 그 전에 음바페의 움직임이 매우 환상적이었습니

다. 혼자서 수비진을 흔들었기에 르마가 쉽게 골을 넣을 수 있었어요.

골을 넣은 르마가 음바페와 격한 포옹을 나누는 게 보였다.

처음은 개인기로 수비수를 따돌린 것부터 시작했다. 이후 라이언이 빠르게 쫓아오자 오히려 속도를 멈춘 뒤, 가까이 다가온 라이언을 다시 한번 개인기로 따돌렸다.

마지막 방어선은 케이힐이었다. 발이 느리지만 태클만큼은 수준급인 선수였기에 뚫기는 쉽지 않을 것이다. 하지만 속력을 늦추지 않은 음바페는 발뒤꿈치를 이용해 공을 흘리며 몸을 돌렸다.

움직임이 큰 백턴이었지만 워낙 빨랐기에 뺏을 수가 없었다.

이후엔 날카로운 패스를 받은 르마의 강렬한 골이 터졌다.

그것을 본 원지석이 쓰게 입맛을 다셨다.

'진짜 잘하는데?'

예상 못 한 퍼포먼스에 결국 원지석은 전술을 수정했다. 활동 폭이 넓은 라이언에게 음바페를 계속해서 따라붙게 했다.

덕분에 음바페의 존재감이 크게 줄었지만 문제는 첼시의 공격 역시 잘 풀리지 않는다는 거였다.

이번 경기에서 아자르와 앤디는 이렇다 할 모습을 보여주지 못했다. 경기를 풀어줘야 할 플레이메이커가 부진하니 최전방 공격수인 코스타마저 고립되었다.

어느새 경기는 후반 60분.

원지석은 숨겨두었던 칼을 꺼냈다.

"제임스!"

그 말에 몸을 풀던 제임스가 어깨를 으쓱이며 외투를 벗었다.

리그 컵 이후 처음으로 나온 경기였다. 챔피언스리그 데뷔전이기도 했다. 그럼에도 녀석은 시큰둥한 얼굴로 지시를 듣고 있었다.

확실히 제임스는 비세르의 말대로 어디를 찌를지 모르는 손잡이가 없는 칼이었다.

이기적이고 오만하다. 그랬기에 다혈질인 코스타를 빼고 대신 스트라이커로 세웠다.

"제길!"

코스타는 자신이 교체되는 것이 불만인 듯 물병을 차며 벤치로 돌아갔다. 논란이 될 장면이지만 원지석은 여기서 그 행동을 꼬집지 않았다.

―아, 코스타가 화를 참지 못하고 물병을 걷어찼군요!

―아무래도 오늘 자신의 플레이와 이른 교체에 짜증이 난 거 같습니다.

카메라가 얼굴이 구겨진 코스타를 잡았다.

하지만 원지석은 확신했다. 만약 제임스와 코스타를 투톱으로 세운다면 높은 확률로 둘이 멱살을 잡을 거라는 걸. 그 꼴을 볼 수는 없었다.

"하고 싶은 대로 해."

"환상적인 전술이네요."

원지석의 말에 피식 웃은 제임스가 고개를 끄덕였다.

다시 경기가 재개되었다.

경기장 안으로 들어간 제임스는 페널티박스가 아닌 그 바깥에서 어슬렁거리며 기회를 엿보았다.

그러다 한 번 패스가 왔다.

패스를 받은 제임스는 수비수에게서 등을 졌다.

포스트플레이?

이 이기적인 스트라이커의 피지컬은 그리 나쁜 편이 아니지만, 그렇다고 해서 포스트플레이를 즐기는 유형은 아니다.

그의 선택은 그대로 슛을 하는 거였다.

몸을 돌리는 게 아닌, 뒤꿈치로.

―아! 골문을 살짝 빗나갑니다!

공은 골대를 스치듯 옆으로 빠져나갔다. 골키퍼인 수바시치가 반응하지 못하고 멍하니 있을 정도로 갑작스러운 힐킥이었다.

"쳇."

제임스가 혀를 차며 손바닥을 한 번 쳤다.

유유히 자기 진영으로 가는 그를 보며 모나코의 수비진이 서늘한 간담을 쓸어내렸다.

전혀 예측하지 못했다. 거기다 감으로 때려 맞춘 뒤꿈치 슛임에도 꽤나 정확하고, 강한 힘이 실렸다. 까딱했으면 바로 골을 먹혔을 것이다.

"우리 유망주도 뭔가 보여주지 않으면 섭섭하겠지."

원지석이 제임스를 보며 웃었다.

저 녀석의 플레이는 자기 성격처럼 즉흥적이었다. 솔직히 말하자면 감독인 자신도 예상하지 못했다. 그러니 그걸 상대하는 수비수는 어련할까.

녀석은 아자르와는 다른 유형의 크랙이었다.

기회는 얼마 지나지 않아 다시 찾아왔다.

페널티에어리어 모서리에 있던 제임스를 노리고 아자르가 크로스를 올린 것이다.

제임스는 그 크로스를 발등으로 정확히 받아냈다. 보는 사람들의 감탄을 이끌어낸 퍼스트 터치 이후, 녀석은 다리를 든 그 상태 그대로 슛을 올렸다.

로빙슛이었다.

골키퍼의 키를 넘기는 이 슛은 보통 골키퍼가 앞으로 튀어나올 때 쓰는 게 일반적이었다. 그것마저 들어가지 않을 때가 많아 높은 정교함을 요구했다.

그랬기에 골키퍼가 자리 잡은 골문에 로빙슛을 한 것은 꽤나 대담한 행동이었다. 아니면 오만하거나.

—아아아!

해설진들이 공의 궤적을 보며 경악했다.

골키퍼 수바시치가 공을 잡기 위해 높이 점프를 뛰었지만, 공은 이미 그의 머리를 지나간 뒤였다.

—고오오올! 골입니다! 교체로 투입되고 얼마 지나지 않아 동점골을 뽑아낸 제임스 파커!

—엄청난 골이었습니다! 옆에서 올린 슛인 만큼 각이 없었는데 기어코 골을 만들었어요!

제임스는 역시 무덤덤한 얼굴로 자신의 진영으로 돌아가는 중이었다.

동료들이 껴안을 땐 질색한 얼굴로 몸을 피하려 했지만, 라이언의 태클 같은 포옹에는 결국 비명을 질렀다.

이후 경기의 흐름은 첼시가 가져가는 데 성공했다.

아니, 정확히는 양 팀의 중원 싸움은 팽팽하다 할 수 있었다. 차이가 나는 것은 공격진이었다.

"저 새끼 막아!"

모나코의 노련한 센터백 클리크가 버럭 소리를 질렀다. 하지만 아무것도 하지 않고 어슬렁거리던 제임스가 어깨를 으쓱였다.

"나를 왜?"

천연덕스러운 그 모습에 모나코 수비진들이 얼굴을 구겼다. 하지만 공만 잡기만 하면 요술을 부리는 놈을 가만히 둘 수는 없는 법이다.

모나코의 다른 중앙수비수 제메르송이 그런 제임스를 전담으로 마크했다. 그것만으로는 부족해 왼쪽 풀백인 멘디가 공격을 자제하며 협력수비를 할 정도였다.

멘디와 아주 좋은 호흡을 보여줬던 르마는 지원이 줄어들자 시디베에게 고전하는 모습을 보였다.

시디베는 이번 여름에 모나코로 이적할 뻔했던 선수인 만큼, 자르딤의 아쉬움은 클 수밖에 없었다. 저거 원래는 우리 선수인데.

결국 시디베의 발끝에서 물꼬가 터졌다.

르마를 뚫고 터치라인을 따라 달리던 시디베는 자신의 앞을 커버하는 멘디를 보며 혀를 찼다. 그리고 근처에 있던 앤디에게 공을 넘겼다.

공을 받은 앤디는 원터치로 날카로운 패스를 찔렀다. 모두가 고개를 돌렸다. 언제부터 뛰고 있었는지 골키퍼와 1 : 1 상황이 된 제임스가 슛을 하고 있었다.

수바시치가 몸을 날렸지만 공은 이미 골라인을 넘어선 뒤였다.

─아, 오프사이드가 아닌가요? 골로 인정됩니다!

주심이 골을 인정하자 제임스는 다시 쿨하게 자기 자리로 떠났지만, 모나코 선수들은 아니었다.

그들은 부심에게 달려가 격렬하게 항의했다. 왜 오프사이드가 아니냐고 소리쳐도 부심은 단호히 고개를 저었다.

그러는 사이 중계 화면에선 리플레이가 재생되는 중이었다. 시디베가 패스를 할 때부터 수비진을 향해 뛰는 제임스의 모습이 잡혔다.

앤디가 패스를 할 때에는 화면이 멈추고 모나코의 수비 라인에 흰색 줄이 쳐졌다. 제임스의 몸이 이 흰색 라인을 침범했다면 오프사이드가 맞았다.

화면이 확대되었다.

앤디의 발끝을 바라보는 수비수들과, 그 틈을 파고드는 제임스가 엇갈리는 모습이 보였다.

놀랍게도 그들은 같은 선상에 위치하고 있었다.

─아, 오프사이드가 아니군요!

─그냥 수비수들의 시선을 끌기 위해 그런 것일 수도 있지만, 완터치로 찔러준 앤디의 패스 역시 매우 날카로웠습니다.

"방금 그거, 좋았다."

제임스가 드물게도 다른 사람을 칭찬했다.

사실 그로서도 패스를 기대한 건 아니지만, 정확히 자신에게 패스를 찔러준 앤디에게 엄지를 치켜들었다. 자기애와 오만함으로 똘똘 뭉친 또라이라도 방금 건 인정하지 않을 수 없는 패스였다.

결국 경기는 제임스가 한 골을 더 넣으며 첼시의 승리로 끝났다.

"잘했다."

그렇게 말하며 제임스의 등을 한 번 쳐준 원지석이 걸음을 옮겼다. 거기엔 허망한 표정의 음바페와 르마가 있었다.

"너네 잘하더라."

그들의 어깨를 두드리며 격려한 원지석이 슬쩍 자신이 온 이유를 꺼냈다.

"혹시 첼시 올래?"

"네?"

"이 이상은 불법 접촉이라 안 되고, 생각 있으면 전화해."

새끼손가락과 엄지손가락만을 펴서 전화 흉내를 낸 그가 손을 흔들었다.

바람처럼 사라지는 원지석의 등을 보던 둘이 멍한 얼굴로 서로를 보았다.

*   *   *

「[타임즈] 또 세 골을 넣은 제임스!」

「[RMC] 유망주에게 세 골을 헌납하며 패배한 모나코」

이번 경기 역시 교체로 출전해 해트트릭을 달성한 제임스가 대부분의 관심을 가져갔다. 팬들은 대형 유망주가 나타났다며 매우 기뻐했다.

「[스카이스포츠] 원지석에게 물병을 찬 코스타?」

한편 코스타의 행동이 도마 위에 올랐다.

교체로 빠져나가며 물병을 걷어찬 것은 경솔한 행동이었다. 하지만 원지석은 이에 대해 별다른 말을 하지 않았다.

"선수라면 모두 승부욕을 가지고 있습니다. 이번 일 역시 그런 점에서 비롯된 거죠. 오히려 자신의 투쟁심을 보여서 만족스럽군요."

만약 라커 룸이나 경기장 밖에서도 그랬다면 라커 룸 분위기는 개판이 됐을 것이다.

하지만 이후엔 원지석이나 코스타나 그 이야기를 꺼내지 않았다. 서로 입을 다무는 게 낫다고 판단한 모양이었다.

「[RMC] 르마와 음바페에게 러브 콜을 보낸 원지석?」

기사의 사진에는 손으로 전화기 흉내를 내는 원지석의 모습이 찍혀 있었다. 이날 인상적인 퍼포먼스를 보인 둘을 영입하려는 거 아니냐는 내용 역시 얼추 맞기는 했다.

"그냥 축구 잘한다고 하셨어요."

그렇게 말한 음바페가 웃음을 터뜨렸다.

그 농담 같은 대화가 영입 제의라고 생각하는 사람은 없을 것이다. 그래도 최근 무섭게 떠오른 감독에게 인정받은 것은 기분 좋은 일이었다.

「[빌트] 미궁에 빠진 F조」

같은 F조의 경기였던 도르트문트와 벤피카의 경기.

놀랍게도 벤피카가 꿀벌 군단을 상대로 승리를 거두며 F조의 미래는 예측할 수 없게 되었다.

이번 라운드의 결과로 승점이 9점인 첼시는 조 1위를 공고히 했으며, 다른 세 팀은 3점씩 나눠 가지며 마지막 라운드까지 피가 튈 혈전을 알렸다.

제임스는 하루하루 주가가 높아지는 현재 상황이 매우 만족스러웠다. 평소 아는 척도 하지 않던 사람들이 갑자기 친한 척을 할 때는 콧대가 높아지다 못해 날카로울 지경이었고.

문제가 있다면 여자 친구인 제시일까.

최근 그녀의 얼굴은 심란해 보였다. 무슨 문제가 있냐고 물어도 답해주지 않으니 답답함에 미칠 것만 같았다.

제임스에게 가장 중요한 것은 제시였다.

그녀의 곁에 있는 순간은 음악이나, 축구를 할 때 느끼지 못했던 즐거움을 가질 수 있었다. 가끔 다른 여자에게 눈이 가긴 해도 그 끝은 언제나 제시만도 못하다는 생각이었다.

그랬기에 자신에게 고민을 털어놓지 못하는 제시에게 섭섭함마저 느낄 즈음, 제임스는 하나의 문자를 받게 되었다.

[브라더, 오랜만에 즐길까?]

평소에 어울리던 그 크루였다.

원지석의 경고 이후 만남을 멀리했지만, 최근 명성이 높아진 제임스를 만나고 싶어진 모양이었다.

스마트폰을 노려보며 제임스는 고민에 빠졌다.

이 녀석들을 만나면 무슨 일을 할지는 뻔히 예상되었다.

'그래도.'

갈등 끝에 침을 꿀꺽 삼킨 그가 답장을 보냈다.

*   *   *

시즌이 시작되고 아직 반도 채 지나지 않았다만, 선수와 감독에 대한 이적 루머는 끊임없이 생산되었다.

승승장구하는 선수와 감독이 있으면 그 반대로 계속해서 부진하는 사람 역시 있게 마련이다. 이런 기사들은 그런 쪽을 흔들었다.

처음에는 감독 좀 그만 흔들라며 욕을 하던 사람들도 점차 공신력이 높은 곳에서 다루는 소식에 귀를 기울였다.

「[키커] 투헬의 후임을 물색하는 도르트문트」
「[디 마르지오] 원지석을 노리는 이탈리아 팀들」
「[카탈루냐 라디오] 루이스 엔리케의 후임은 첼시의 어린 보스?」

모두 매우 높은 공신력을 자랑하는 곳이었다.

공식 발표가 나지 않아도 이곳에서 영입이 완료되었다 하면, '거의 오피셜'이란 뜻의 거피셜이란 말이 나올 정도였다.

그런 언론들이 다루는 루머의 중심에는 원지석이 있었다.

첼시에서 원지석의 위치가 위태로운 게 아니다. 오히려 지금 그의 팀 내 입지는 확고하다 할 수 있었다.

다만 다른 팀의 감독들은 그렇지 못했다.

도르트문트의 투헬 같은 경우는 그 능력을 인정받았으나 그는 심각한 트러블 메이커였다. 보드진만이 아닌 선수들과도 불화설이 생겨 이미 한계에 달했다는 말이 떠돌았다.

바르셀로나의 루이스 엔리케 감독 역시 경기력에 대한 비판을 피하지 못했다.

루이스 엔리케는 부임 첫 시즌에 트레블이라는 위업을 달

성했지만, 이후 전술적인 역량이 부족하다는 비판을 끊임없이
받았다.

결국 이번 시즌을 마지막으로 더 이상 계약을 연장하지 않
을 거라는 추측이 지배적이었다.

이탈리아 리그인 세리에는 칼바람이 가장 매서운 곳이기도
했다. 벌써 세 명의 감독이 경질을 당한 것이다.

그리고 인테르 같은 팀들이 명문 재건을 위해 새 감독으로
원지석을 염두에 두고 있다는 소식이 떴다.

원지석의 위치가 확고함에도 이런 루머가 끊임없이 나오는
이유는 간단했다. 그의 계약이 1년이었기 때문이다.

만약 도중에 데려온다고 해도 지불할 위약금이 싼 데다, 그
냥 계약기간이 끝나길 기다리는 방법도 있었다.

결국 발등에 불이 떨어진 건 첼시였다.

—응~ 너 없다고 팀 망해~ 가지 마~
—응~ 너 아니면 할 사람 없어~ 종신해~

팬들은 혼란스러운 반응을 보여주며 원지석이 계약을 연장
하길 바랐다.

당혹스러운 것은 보드진 역시 마찬가지였다.

처음과는 상황이 너무나도 달랐다.

원지석 측에서 먼저 내밀었던 1년이란 기간은 솔직히 말해 웬 떡이냐 싶었다. 그들은 원지석의 성공을 예상하지 않았으니까.

하지만 이제 그는 유럽에서 가장 핫한 감독이 되어 있었다.

물론 시즌 말미에는 고꾸라질 수도 있다. 그러나 그러지 않을 가능성 역시 컸다. 남은 건 원지석이 다른 구단으로 떠나기 전에 잡는 수밖에.

부르르.

탁자 위에 놓인 스마트폰이 진동으로 떨렸다.

원지석은 그런 스마트폰을 멀뚱히 보고 있었다. 전화를 받기 싫은 사람이라?

아니, 그런 문제가 아니라 저건 자신의 스마트폰이 아니었다. 그리고 그 주인은 아무렇지 않게 커피를 마시며 책을 읽는 중이었고.

그녀는 에이전트인 한채희였다.

오늘도 한채희는 검은색 일색으로 옷을 맞추었다. 슬슬 추워질 날씨기에 타이트한 정장과 검은색 스타킹, 그리고 검은색의 구두.

더운 여름에는 검은색 정장 바지를 입으며 꿋꿋하게 자신의 아이덴티티를 강조하는 그녀였다.

"전화 안 받아요?"

원지석의 물음에 한채희는 어깨를 으쓱였다.

"애태우게 해야죠. 그래야 간이고 쓸개고 다 빼 줄 테니까."

악마.

원지석은 목구멍을 타고 올라오는 그 말을 겨우 삼켰다. 캐서린이 장난을 칠 때마다 소악마 같다는 생각을 했지만, 눈앞의 여자는 궤를 달리했다.

하지만 그 능력만큼은 의심할 바가 아니었다.

분에 넘친다는 생각이 들 정도로 좋은 계약을 따냈으며, 축구 외적인 일도 완벽하게 해낸다. 특히 한국에서 악성 루머를 만드는 사람들에게 인생은 실전이라는 걸 알려준 모양이었다.

"오히려 계약기간이 1년이라 상황을 유리하게 만들 수 있었네요. 재계약을 하든 다른 구단에 가든 이젠 신참이라고 후려치진 않을 테니까."

그렇게 말하며 한채희가 웃음을 흘렸다.

첼시에서 어떤 조건을 내밀지 꽤나 기대가 되는 모양이었다.

분명 보드진 쪽이 절대적인 갑일 텐데, 기묘한 상황이 연출된 것이다.

"그래서 어떻게 하실 건데요?"

"글쎄요."

한채희의 물음에 원지석이 팔짱을 끼며 생각했다. 솔직히 다음 경기 결과도 알 수 없는 게 현실인데, 어떻게 시즌 뒤를 예상할까.

"지금은 별다른 계획이 없네요. 어차피 다른 구단에서 직접적인 오퍼가 오지 않는 이상 김칫국이나 마시는 거고."

"구체적인 제안이 왔다면요?"

"정말입니까?"

원지석의 눈이 크게 떠지자 한채희가 묘한 웃음을 지었다. 여전히 퇴폐미가 넘치는 미소였다.

부르르.

"아, 잠깐만요."

그때 주머니에서 느껴진 진동에 원지석이 스마트폰을 확인했다. 캐시라는 이름이 찍혀 있었다.

캐시, 즉 캐서린이었다.

"여보세요? 캐시?"

─원? 근처까지 온 거 같은데 블랑이라는 카페 맞나요?

창문 밖으로 선글라스를 낀 캐서린이 고개를 두리번거리는 게 보였다. 원지석이 손을 흔들자 곧 전화가 끊어지며 그녀가 발걸음을 옮겼다.

이 카페는 원지석이 애용하는 곳이었다.

기자들과 인터뷰를 한 곳도 여기였고, 가끔은 테라스에 앉아 조용히 전술을 짜기도 했다.

지금은 한채희가 매일 얼굴도장을 찍지만 말이다. 꽤 마음에 든 모양이었다.

"원!"

카페에 들어온 캐서린이 원지석을 꽉 껴안았다. 사귀기 전에는 사람을 흔드는 장난을 쳤다면, 이제는 애정 행각에 브레이크가 없어진 그녀였다.

"오면서 힘든 일은 없었어요? 그렇게 데리러 간다니까."

"계약 건으로 할 말이 있다면서요. 그래서 이분이 그……?"

캐서린이 한채희를 보며 말끝을 흐렸다.

새로 생긴 에이전트가 여자라는 사실은 그녀 역시 알고 있었다. 하지만 이렇게 예쁜 사람일 거라곤 상상하지 못했다.

거기다 퇴폐적인 분위기 때문에 괜한 불안감이 생길 정도였다. 마치 고양이에게 생선을 맡긴 것처럼.

의자에서 일어난 한채희가 웃으며 손을 내밀었다.

"반가워요. 한채희라고 해요. 듣던 대로 아름다운 분이시네요."

"아, 네. 캐서린 요크예요."

손을 마주 잡으며 캐서린은 본능적으로 알 수 있었다.

이 여자, 보통이 아니라는 걸.

"오늘 미팅은 여기까지 하는 걸로 하죠."

원지석에게 중요한 약속이 있다는 걸 미리 들었기에 오늘은 이쯤에서 헤어지는 게 좋을 것이다.

계약에 대한 이야기를 더 나누어도 상관은 없지만, 경험상 쓸데없는 오해가 생겼던 게 많아 이 정도가 좋았다.

싱긋 웃은 한채희가 핸드백을 들며 고개를 살짝 숙였다. 또각또각 울리는 구두 소리와 함께 그녀는 떠났다.

"원?"

그 뒷모습을 바라보던 캐서린이 입을 열었다.

원지석이 흠칫 놀랄 정도로 스산한 목소리였다.

이런 목소리를 들은 적이 없던 건 아니다.

볼에 립스틱 자국이 남았던 사진을 앤디에게 찍히고, 그게 킬패스처럼 바로 캐서린에게 보내졌을 때에도 이랬다.

"혹시나 싶어 말하지만, 알죠?"

"물론이죠."

원지석이 서둘러 고개를 끄덕였다.

이때의 캐서린은 거슬러서 좋을 게 없다는 걸 본능적으로 깨달았다.

"좋아요. 그럼 가죠."

햇살처럼 방긋 웃는 그녀를 보며 원지석은 안도의 한숨을 쉬었다.

*　　　*　　　*

원지석이 캐서린과 함께 간 곳은 그녀의 집이었다.

런던의 부촌인 켄싱턴에 위치한 요크가.

전에도 와본 적이 있지만 오늘은 달랐다. 학부모 면담이 아닌, 연인의 집에 온 거니까.

그렇다.

오늘 있을 중요한 약속이라는 건 요크 가족의 저녁에 초대됐다는 것이다.

"어서 와요, 원."

원지석을 반겨준 것은 테일러 요크였다.

언제 봐도 스무 살이 넘는 자녀가 있을 사람으로는 보이지 않았다.

최근에는 아들 덕분에 축구에 빠졌는지 경기장에서 요크 부부의 모습을 자주 발견할 수 있었다.

"어서 오게."

"감독님!"

안으로 들어가니 알렉스 요크와 앤디의 모습이 보였다.

알렉스는 과묵한 얼굴로 고개를 끄덕였는데, 캐서린의 말로는 연애 소식을 알렸을 때 가장 좋아했던 사람이 아버지였다고 한다.

가벼운 잡담을 나누던 도중 테일러가 음식을 가져왔다.

원지석 역시 그녀들을 도와주며 분주하게 움직였다. 이럴 때 빠릿하게 움직이라는 건 유부남 선수들이 공통적으로 알려준 사항이었다.

그렇게 저녁 식사가 시작되었다.

앤디의 부모님이 유명인이란 건 이젠 모두가 아는 사실이었다. 서로의 SNS에 같이 사진을 찍어 올리기도 했으니까.

'그러고 보니.'

앤디의 부모님을 처음 봤을 때의 킴이 떠올랐다.

어머니가 요크 부부의 팬이라며 사인을 요구했을 땐 꽤나 볼만한 장면이었다. 미친 듯이 쫓아오는 녀석을 떼어내는 게 좀 고생이었지만.

"음식은 입에 맞아요?"

"네. 맛있네요."

캐서린의 말에 원지석이 고개를 끄덕였다.

영국에 처음 와서 제일 고생한 걸 꼽으라면 그중 하나가 음식이었다. 세계를 많이 떠돌아다녔던 원지석마저 입에 맞지 않는 음식이 많았기에 식당을 가지 않았다.

덕분이라 해야 할까? 어릴 때부터 요리를 할 줄 알았던 게 영국에선 크나큰 도움이 되었다.

"다행이네요."

캐서린이 배시시 웃자 테일러가 키득거리며 말했다.

"네가 한 건 아무것도 없잖니?"

"무슨 소리야? 저 샐러드 내가 한 거거든?"

"그래. 드레싱만 뿌렸지."

어머니의 공격에 캐서린이 슬쩍 원지석의 눈치를 살폈다. 그 모습에 원지석이 무슨 문제냐는 듯 입을 열었다.

"요리는 제가 하면 되잖아요?"

"아."

"어머어머."

캐서린의 얼굴이 붉어졌고, 테일러는 함박웃음을 지으며 알렉스의 등을 때렸다. 알렉스는 헛기침을 했고.

갑작스러운 상황을 이해하지 못한 원지석이 고개를 갸웃거렸다. 무슨 이상한 말이라도 한 걸까. 그런 생각을 하며 잘 썰린 고기를 입에 넣으려 할 때였다.

갑작스러운 테일러의 말에 움직임이 멈췄다.

"그래서 결혼은 언제 할 거죠?"

툭.

고기가 미끄러졌다.

＊　　　＊　　　＊

파란이 있었던 어젯밤이 지나고.

원지석은 묘하게 퀭한 얼굴로 훈련장에 나타났다.

'결혼이라.'

충분히 그렇게 들릴 수 있는 말이었다.

그리고 한번 시작된 결혼 떡밥은 끝이 없었다.

식장은 일찍 잡아둬야 편하다, 성대한 결혼식이냐 아니면 소박한 결혼식이냐 등등.

'모르겠다.'

그에겐 감독직에 대한 거취보다 더 어려운 이야기였다. 이내 고개를 저은 원지석은 오늘 훈련에 집중하기로 했다.

"응?"

하지만 그의 얼굴이 찌푸려졌다.

제임스의 모습이 보이지 않은 것이다.

한 번 욕을 먹은 뒤엔 꼬박꼬박 시간을 맞춘 녀석이었다. 그때 주머니에서 느껴진 진동에 원지석이 화면을 확인했다. 제임스인가 싶었지만 번호는 모르는 사람의 것으로 찍혀 있었다.

─감독님!

제임스의 여자 친구인 제시였다.

그녀는 다급한 목소리로 원지석을 불렀다.

"제시 양? 지금 뭐라고 하는지 잘 들리지가 않는데, 조금 진정하세요."

—제임스가, 제임스가 연락이 안 돼요!

그러니까.

제임스는 무슨 일이 있어도 제시의 전화만은 받는 녀석이었다. 만약 자거나 다른 일을 하는 중이라면 나중에라도 연락을 할 정도로. 그랬던 놈이 어젯밤부터 연락이 두절되어 사라졌다.

문제는 하나 더 있었다.

녀석과 어울리던 떨거지들이 어젯밤 자신의 인스타그램에 제임스의 모습을 올린 것이다.

"이 새끼가."

한숨을 쉰 원지석이 고개를 들었다.

허름한 간판이 보였다. 여기가 녀석들이 항상 모인다는 펍이었다.

만약 여기에 있다면 더 이상 제임스에게 볼일은 없다. 당장 계약 해지 수순을 밟을 것이며, 위약금을 주더라도 위험한 선례를 남겨서는 안 됐다.

"근데 너넨 왜 왔냐. 훈련 안 받고 땡땡이칠래?"

고개를 돌리자 익숙한 두 얼굴이 보였다.

킴과 라이언이었다.

라이언은 우렁찬 목소리로 말했다.

"라이언은 원이 살인자가 되는 게 싫다."

그 말에 원지석은 정신이 아득해지는 걸 느꼈다.

"내가 뭐 잘못한 거 있니?"

"코치들이 보낸 거야. 사고 치기 전에 따라가 보라던데. 아니, 따라가라던데요?"

"…넌 반말인지 존댓말인지 확실히 해."

"웁스, 지금은 반말이 익어서."

킴은 그렇게 말하며 어깨를 으쓱였다.

원지석이 훈련을 중단하고 나간 일은 한 번도 없는 데다, 그 얼굴이 워낙 심각했기에 코치들이 호들갑을 떨었다. 저거 사람 죽이러 가는 거 아니냐고.

"내가 무슨 마피아야?"

어이없다는 듯 한숨을 쉰 그가 마음대로 하라며 펍의 문을 열었다.

펍은 안개가 낀 것처럼 연기가 자욱했다.

하지만 그 냄새에 원지석이 얼굴을 찌푸렸다.

담배 냄새였다.

"워, 이게 누구야."

그때 늘어지는 남성의 목소리가 들렸다.

비틀비틀거리며 원지석에게 다가오는 녀석의 눈은 풀려 있었다. 더군다나 지독한 술 냄새가 풍겼다. 아무래도 어젯밤부터 지금까지 계속해서 마신 모양이었다.

"우리! 특별한! 원 감독님 아니셔!"

녀석이 조롱하듯 소리치자 펍이 웃음소리로 가득 찼다.

"제임스는 어디 있니?"

원지석의 목소리가 조금 낮아진 걸 눈치챈 사람은 킴뿐이었다. 그 질문에 꽐라는 과장된 몸짓으로 한쪽을 가리켰다.

"우리 친구 제임스는 저기 있지!"

녀석이 가리킨 곳에서.

피투성이가 되어 축 늘어진 제임스의 모습이 보였다.

*　　　　*　　　　*

제임스의 상태는 언뜻 봐도 심각해 보였다.

얼굴은 알아보기 힘들 정도로 부었으며, 옷은 먼지와 발자국으로 더럽혀져 있었다. 거기다 기절이라도 한 듯 축 늘어진 몸은 반응이 없었다.

"그으을쎄에에! 간만에 놀자고 불렀더니, 와서는 이제 우리 같은 것들이랑은 안 놀겠다는 거 있지!"

녀석이 박수를 치며 껄껄 웃었다.

자세히 보니 그 손은 붉게 물든 상태였다.

"이 미친 새끼들이."

원지석의 중얼거림에 그가 눈을 크게 뜨며 다가왔다.

"지금 욕한 거야? 응? 으응?"

그렇게 말하며 어깨를 툭툭 칠 때마다 붉은 피가 묻어 나왔다. 뒤에서 보고 있던 킴이 발끈하며 나섰다.

"이 새끼가."

"킴."

원지석이 조용히 말했다.

그는 고개를 저으며 킴을 말렸다.

"나서지 말고 가만있어."

조용한 말이지만 사실 어느 때보다 화가 나 있는 상태였다. 그는 부글부글거리는 속을 내색하지 않으며 마지막 경고를 했다.

"좋은 말로 할 때 꺼져."

"오오! 우리 감독님 센데! 뭐 쿵푸라도 배운 건가? 응? 동양의 무술?"

꽐라가 섀도복싱을 하듯 허공에 주먹질을 했다.

주먹이 코앞을, 귀 옆을 스치는데도 원지석은 눈 하나 깜빡이지 않았다.

"열받지? 그렇다고 칠 거야? 내일 더 선에서 1면을 장식할 기삿감인데?"

계속되는 깐죽거림에도 반응이 없자 녀석은 한숨을 쉬며 어깨를 으쓱였다. 그러더니 노선을 바꾼 듯 얼굴을 구겼다. 술에 취해서 그런 건지, 원래 그런 놈인지. 감정 기복이 심각했다.

"제임스가 이상해진 건 당신 때문이야. 스웩! 그걸 아는 친구였다고!"

"하아."

이어지는 말에 원지석이 한숨을 쉬었다.

아무래도 금방 끝낼 생각은 없는 모양이다.

결국 한계였다.

콰당!

놈의 주먹을 잡은 원지석이 그대로 팔목을 꺾었다. 그러고는 오금을 걷어차 녀석을 테이블에 처박으며 제압했다.

"아악!"

"스웩? 지랄하고 자빠졌다, 진짜."

원지석이 으르렁거리며 잡은 팔목에 힘을 줬다.

우두둑거리는 소리에 멀찍이 떨어져 술을 마시던 놈들이 욕지거릴 내뱉으며 몸을 일으켰다.

어느새 크루라 불리는 떨거지들이 자리를 잡은 상황. 시간이 낮인 만큼 다른 손님은 보이지 않았다. 주인장은 못 본 척 시선을 돌리고 있었고.

흉흉한 대치 상태가 이어졌다.

꽐라의 팔을 한 번 더 접은 원지석이 중얼거렸다.

"이 새끼, 평생 팔 병신 만들고 싶으면 오든가."

"아으아악!"

조용한 펍을 울리는 비명 소리에 슬금슬금 다가오던 녀석들이 움찔하며 몸을 멈칫했다.

거기다 뒤에 있던 킴과 라이언이 옆에 서자 그 위압감만으로 장난이 아니었다. 빌런들을 앞에 둔 어벤져스인지, 수어사이드 스쿼드인지.

테이블에 납작 엎드리며 제압된 꽐라를 보며 혹시나 한 킴이 물었다.

"설마 진짜 그럴 건 아니죠?"

원지석에겐 미안한 말이지만 폭행 스캔들에 휘말리는 건 사양하고 싶었다. 그래서 이미 손을 쓰기도 했고. 그가 슬쩍 스마트폰 화면을 원지석에게 보여주었다.

[시간 좀 끌어줘요.]

"글쎄."

내용을 본 원지석이 내색하지 않으며 장단에 맞춰주었다. 그는 몸을 낮춰 꽐라의 귓가에 속삭였다.

"내 어릴 때 이야기를 좀 해줄까."

낮게 읊조리듯.

피에 굶주린 투견이 으르렁거리듯.

그의 말은 귓가를 파고들었다.

"어린 나이에 만리타향을 떠돌아다니는 건 매우 힘든 일이었어. 단순히 문화권이 달라서? 아니, 그런 문제가 아니야. 혹시 피부색이 다르다고 죽기 전까지 맞아본 적이 있나?"

난 있어.

고등학교를 들어갈 나이에 한국을 떠날 때도.

아버지의 손을 잡고 세계를 떠돌아다닐 때도.

지금도 그렇지만 그때는 인종차별이 더욱 심할 때였다.

그건 어릴 때일수록 더욱 심했다. 어릴수록 자기가 뭘 잘못하고 있다는 자각마저 없었다.

그냥 가만히만 있어도 싸움을 건다.

거기다 폭력의 가감을 알지도 못했다.

당하기 싫다면 싸워야 했다.

"잘 모르겠다고? 음, 괜찮아. 지금부터 알려줄 거니까."

원지석이 녀석의 손가락 하나를 잡았다.

"일단 하나부터 시작할까."

"아아악!"

손가락에 조금씩 힘을 주던 원지석이 슬쩍 킴을 보았다. 대치 시간과 말을 주절거리면서 10분은 지난 거 같다만, 아직 시간이 부족하냐는 뜻이었다.

킴도 이쯤이면 됐다며 고개를 끄덕였다.

쇼를 끝낼 때가 된 것이다.

"라이언, 제임스 좀 데려올래?"

"라이언은 데려온다."

라이언이 성큼성큼 걸으며 제임스를 업었다.

떨거지들은 길을 비켜주며 그런 라이언을 노려보았지만, 감히 덤빌 생각은 하지 못했다.

친구인 꽐라가 잡혀 있기도 하고, 이미 기선 제압을 당한 데다 라이언의 덩치는 저절로 주눅감이 들 정도였다.

제임스를 데려오자 원지석은 잡고 있던 팔을 풀고선 던지 듯이 놈을 보냈다.

바닥을 구르며 앓는 소리를 냈지만, 어디 하나 부러뜨리지 않았으니 건강에 이상은 없을 것이다.

"병신."

원지석이 경멸 어린 어조로 중얼거렸다.

하지만 상황은 그리 좋은 편이 아니다. 인질도 풀렸겠다, 수는 떨거지들 쪽이 더 많았다. 거기다 술에 잔뜩 취했으니 무슨 짓을 저지를지 몰랐다.

'튈까?'

싸움이고 나발이고 쪽수 앞에선 의미가 없다. 할리우드 영화나 중국 무협영화는 픽션이니까 가능한 이야기였고.

막 그런 생각을 할 때, 가게 밖에서 요란한 사이렌 소리가 울렸다.

"경찰이다! 모두 움직이지 마!"

문을 열고 들어온 것은 경찰과 구급 대원들이었다.

다행히 시간에 늦진 않은 모양이다.

킴이 스마트폰을 슬쩍 보여줄 때, 화면에는 시간을 끌어달란 메모와 999에 보낸 문자가 있었다.

일반적인 경찰과는 다르게 긴급 상황을 담당하는 999는 경찰과 구급대, 소방대를 총괄한다.

덕분에 쓰러진 제임스를 발견한 킴이 바로 연락을 넣었고, 대략 10분도 되지 않아 도착할 수 있었다. 근처에 부서가 있던 게 주효했다.

"당장 무릎 꿇어!"

하지만 경찰이 둘러싼 것은 라이언이었다.

라이언은 어리둥절한 얼굴로 항의했다.

"라이언은 잘못 없다."

별다른 효과는 없었지만.

원지석이 한숨을 쉬며 그 사이에 꼈다.

"개 아닙니다."

작은 해프닝 끝에 경찰들이 머쓱한 얼굴로 사과를 했다.

"미안합니다. 이 친구들은 골수 크리켓 팬이라 축구에 대해 잘 모르거든요."

뒤늦게 들어온 사람이 축구를 보는 사람이었기에 망정이지, 하마터면 경기장이 아니라 유치장을 갈 뻔했다. 모든 잉글랜드인이 축구를 보는 건 아니었다고 깨달은 순간이다.

그사이 제임스는 구급차에 실려 병원으로 이송되었다.

"대체 어떻게 된 일입니까?"

"어쩌다 보니 그렇게 됐는데, 일단 쟤들부터 잡는 게 어떻습니까?"

원지석은 뒤쪽을 가리키며 말했다.

경찰이 오며 술이 깬 떨거지들이 식은땀을 흘리는 게 보였다.

*   *   *

"으으."

제임스는 힘겹게 눈을 떴다.

익숙하지 못한 냄새가 코를 찔렀다.

'나는 분명.'

펍에 가서 이제 여기엔 오지 않겠다는 말을 한 것까지는 기억이 난다. 이후 쥐어 터진 것까지도. 솔직히 말해 정신이 아늑해지며 죽는 게 아닐까 생각했다.

"정신 차렸냐."

귓가를 파고드는 목소리에 제임스의 눈이 번쩍 떠졌다. 힘겹게 눈을 돌리니 거기엔 무심한 얼굴로 책을 보는 원지석이 있었다.

"여긴 어디죠? 감독님이 있는 걸 보니 지옥인가?"

"지옥으로 보내줄까?"

스산해지는 느낌에 제임스가 서둘러 고개를 저었다. 하지만 동시에 온몸을 파고드는 통증에 얼굴을 찌푸렸다.

"아욱!"

"당분간은 꼼짝없이 입원해야겠지만, 후유증은 없을 거라더라. 불행 중 다행이지."

"…저 이번엔 아무 짓도 안 했습니다."

"알아."

원지석이 괜히 안경을 고쳐 썼다.

이번 일은 그로서도 의외였다. 펍에 들어가기 전까지만 해도 거기서 늘어져 있을 제임스를 상상했으니까.

어떠한 심경의 변화가 있었는지는 몰라도, 제임스라는 인간을 다시 보게 된 일임은 틀림없었다.

"잘했어. 당분간 푹 쉬어라."

몸을 일으킨 원지석을 보며 제임스가 물었다.

"벌써 갑니까?"

"나는 바쁘거든. 거기다 눈치가 없는 것도 아니고."

병실 문에는 한 여자가 서 있었다.

제임스는 멍하니 그녀의 이름을 불렀다.

"제시."

"그럼 난 이만."

원지석이 나간 것과 동시에 제시가 들어왔다.

그녀는 이미 한참을 울었는지 눈이 퉁퉁 부어 있었다.

"나, 걔들한테 그만 만나자고 했어."

그렇게 말한 제임스가 힘겹게 입꼬리를 늘렸다.

그걸 본 제시가 울먹거리며 물었다.

"바보같이 왜 그랬어. 그냥 문자만 보냈어도 되는걸."

"그래도 친구라고 생각했던 애들이니까."

설마 이런 꼴이 될 거라고는 상상하지 못했다.

물끄러미 제시의 얼굴을 보던 그가 조심스레 물었다.

"근데 궁금한 게 있어."

"뭐를?"

"요즘 말이야. 왜 피했던 거야?"

사실 분위기상 묻지 않는 게 좋겠지만, 제임스는 기어코 그 말을 꺼냈다. 그 정도로 괴로웠던 시간이었다.

크루 녀석들과 연을 끊겠다고 다짐한 이유도 여기에 있었다. 이번엔 그녀가 정말 떠나갈지 모른다는 마음에 그런 거였으니까.

"나 말이야."

제시가 바로 대답을 하지 못하고 머뭇거렸다.

그러다 이내 각오를 한 듯 숨을 크게 들이쉬며 말했다.

"임신했어."

"뭐?"

제임스가 눈을 크게 떴다.

멍한 얼굴의 그를 보며 제시는 말을 이었다.

"그런데 네가 부담스러워하거나 싫어하면 어떡하지, 라고 생각하니까, 선뜻 말이 나오지 않더라."

이 아이는 모두의 기쁨 속에서 키우고 싶었으니까.

그 말을 들은 제임스의 얼굴이 부들부들 떨렸다.

"이 바보! 내가 그럴 리가 없잖아!"

스스로 움직이지 못하니 제시에게 자신을 안아달라고 소리쳤다. 서로를 꼭 안는 연인. 이윽고 병실에선 제임스의 환호 소리가 울렸다.

병실 밖에서 등을 기대고 있던 원지석이 쓴웃음을 지었다.

"요즘 애들은 빠르구나."

문득 요크 가족과의 식사가 떠올랐다.

결혼, 아이.

그리고 웨딩드레스를 입은 캐서린.

"흐음."

그때 스마트폰에서 진동이 느껴졌다.

한채희였다.

병실에서 멀어진 원지석이 전화를 받았다.

"여보세요? 어떻게 됐죠?"

—긴급체포 된 놈들은 모두 조사받는 중이에요. 관련된 사람들은 모두 말이죠.

이번 일은 첼시 구단에서도 바로 조치에 나섰다. 팀의 유망주가 폭행을 당했다. 그들은 최선을 다해 제임스를 도울 것이다.

"그나저나 이거 기사라도 나면 골치 아프겠네요. 늦기 전에 증인이라든가, 증거가 될 만한 걸 찾아야겠어요."

—미쳤어요? 설마 직접 움직일 생각은 아니죠?

"뭐 어쩌겠어요. 한시가 급한 상황인데. 목마른 사람이 우물을 파야지."

원지석이 어깨를 으쓱였다.

전화기 너머 한채희가 어이가 없다는 듯 혀를 찼다.

그녀는 진지한 어조로 말했다.

—당신이 나서면 일이 더 커질 뿐이에요. 저랑 구단 측에서 알아서 할 테니까, 그냥 잠자코 계세요. 어차피 그리 오래 걸

릴 거 같지는 않아요.

"정말입니까?"

—영상을 찍었다는 사람이 있어요. 그날 밤에 펍에 있던 손님이라는데, 얼굴이 알려진 제임스를 보고 몰래 찍다가 폭행이 시작되었다고 해요.

그나마 다행인 일이었다.

하지만 영상을 찍기보다는, 차라리 신고를 하는 게 더 나았을 텐데.

하긴 영상만 해도 어디인가.

원지석이 쓴웃음을 지으며 전화를 끊었다.

*   *   *

어찌 됐든 당분간 제임스는 나오지 못한다.

그런 상황에 첼시는 어려운 적수를 만나게 되었다.

이번 시즌 펩 과르디올라가 부임하며 경기력에 변화를 보인 맨체스터 시티였다.

다만 맨유처럼 맨 시티 역시 무패 행진이 깨졌는데, 풀백의 노쇠화와 새로 영입한 골키퍼 브라보의 실수가 문제점으로 지적되었다.

그리고 그 경기를 앞둔 기자회견.

원지석은 기자들에게 수많은 질문을 받았다.

특히 다음 시즌 거취에 대한 질문이 가장 많았다.

"팬들은 당신이 이번 시즌을 끝으로 팀을 떠날까 두려워하고 있습니다. 이에 대해 하실 말씀은?"

"생각 중이지만 아직 확실히 정해진 건 없습니다."

원지석의 말에도 기자들은 쉽사리 물러나지 않았다.

그들은 집요하게 물었다.

"혹시 이후 생각해 둔 계획이 있습니까?"

"지겨운 질문이군요. 다른 질문은 없습니까?"

"선수들마저 팀의 미래에 의문을 표한다는 이야기가 있어요. 대략적인 생각만이라도 알려주시죠."

하아.

원지석이 결국 한숨을 토했다.

이대로 믹스트 존을 박차고 나가 버릴까 했지만, 만약 그렇게 된다면 기자들은 더욱 첼시를 흔들 것이다. 거기다 제임스의 입원으로 선수들이 충격을 받은 만큼, 이런 일로 팀이 흔들려선 안 된다.

물론 확답을 준다고 해도 미래는 어찌 될지 모르는 일이다.

하지만 팀이 흔들리지 않게 관리하는 것.

그것 역시 감독의 일 아니던가.

결국 원지석이 굳은 얼굴로 입을 열었다.

"그렇다면 잘 들으십시오. 분명히 말합니다. 구단이, 그리고 팬들이 날 필요로 한다면 전 이곳에 남습니다."

11 ROUND
독주

펩 과르디올라는 개성이 뚜렷한 감독이다.

어찌 보면 파격적이라고 할 수 있을 것이다.

그만큼 고집스러운 감독이기도 했고.

이번 시즌 맨 시티의 경기력에 의문을 표하는 사람들은 이러한 점을 꼽았다.

점유율은 높았지만 경기력은 답답했다. 거우거우 이겼던 경기도 많았고, 아슬아슬하게 패배를 면한 경기도 있었다.

패배를 할 때는 그런 단점이 매우 돋보였다. 그럼에도 과르디올라는 자신의 고집을 쉬이 꺾지 않았다.

이번에 첼시를 상대로 과르디올라가 다시 한번 고집을 부릴지, 그에 대한 여부도 사람들이 주의 깊게 보는 관심사였다.

그리고 발표된 선발 라인업.

사람들은 그 라인업을 보며 놀란 기색을 감추지 못했다.

양 팀 모두 변칙적인 전술을 들고 왔기 때문이다.

원지석은 지금까지 핵심 선수를 남겨두고, 상황에 따라 맞춤적인 전술을 짜는 걸 즐겨 쓰는 감독이었다.

그런 원지석이 내놓은 전술.

오늘 첼시는 스트라이커가 없었다.

아니, 제일 위에 위치한 선수가 있긴 했다. 하지만 일반적인 스트라이커가 아니었다.

그 위치에 이름을 올린 것은 앤디였으니까.

—오늘 첼시의 전술은 펄스 나인이군요.

—그동안 아자르가 종종 제로톱을 소화한 적은 있지만, 앤디가 저 위치에 선 것은 처음입니다.

—과르디올라에 대한 환영 인사일까요? 에투와 메시가 떠오르게 하는 전술이에요.

첼시의 최전방에는 앤디가, 그리고 측면에는 아자르와 코스타가 자리를 잡았다.

코스타는 측면공격수 역시 소화할 수 있는 선수였다. 그랬기에 유기적인 움직임이 가능했고, 때에 따라 원톱이 되거나, 투톱에서 쓰리톱까지 가능한 전술이었다.

이런 첼시의 공격진을 막아선 맨 시티의 수비진 역시 파격적이라 할 수 있는 구성이었다.

정통적인 센터백이 없었다.

왼쪽 풀백인 콜라로프와 수비형미드필더인 페르난지뉴가 중앙수비를 구축한 것이다.

─이걸 뭐라고 해야 할까요, 제로 백? 가짜 4번?

─기존 수비 라인이었던 오타멘디의 부상과 존 스톤스의 부진으로 인한 궁여지책 같지만, 후방에서의 빌드 업을 최대한 신경 쓴 것 같군요.

과르디올라가 이런 전술을 처음 쓴 것은 아니었다.

뮌헨에서도 왼쪽 풀백인 알라바를 센터백으로 쓰거나, 미드필더인 사비 알론소를 센터백으로 내리기도 했다. 이에 대한 평가로는 아직 실험적인 전술이란 게 지배적이었다.

이렇게 양 팀 모두 변칙적인 전술을 들고 오니 섣부른 예측을 할 수가 없었다. 변태들의 대결이라며 혀를 내두른 사람마저 있었다.

삐이익!

선축은 맨 시티가 가져갔다.

공을 끌고 달리는 사람은 헤수스 나바스였다. 단조로운 플레이 때문에 욕을 먹지만, 그 활동량과 주력만큼은 발군인 선수.

그런 나바스를 막아선 것은 시디베였다.

오늘 왼쪽 윙백으로 나선 시디베를 보며 고개를 갸웃거린 사람도 있을 것이다.

나바스는 축구 지능이 떨어진다는 소리를 듣는 만큼, 피지컬로 상대할 라이언이 더 낫지 않겠냐는 이유에서.

원지석 역시 그 생각을 하지 않은 게 아니다.

다만 그는 좀 더 다른 곳을 보기로 했다.

—실바에게 패스하는 나바스! 아, 바로 첼시의 중원에서 압박을 시도합니다!

—오늘 첼시의 허리는 매우 타이트하군요. 특히 캉테와 킴은 어디에서나 보일 정도입니다.

이번 경기에서 첼시는 미드필더진으로 캉테와 킴, 그리고 파샬리치를 꺼냈다. 플레이메이커인 파샬리치 역시 활동량이 뛰어난 선수였다.

이러한 첼시의 허리는 맨체스터 시티의 뛰어난 중원을 효율적으로 압박했다.

케빈 데 브라이너와 다비드 실바는 매우 뛰어난 미드필더였다. 혼자서도 팀의 퀄리티를 바꾸는 선수들이 둘이나 있다 보니 원지석으로선 신경을 쓰지 않을 수가 없는 부분이었고.

그랬기에 중원 싸움에 더 효과적으로 가담할 수 있는 시디베를 왼쪽 윙백으로 세운 것이다.

─오늘 양 팀의 중원 싸움이 매우 치열합니다!

최전방에 있던 앤디가 중원 싸움에 가담하고, 최후방에 있던 페르난지뉴 역시 중원 싸움에 합류하며 더욱 피 튀기는 싸움을 벌였다.

하지만 기회는 오게 마련이다.

먼저 기회를 잡은 것은 첼시였다.

킴에게서 공을 받은 파샬리치가 멀리 뛰어가는 캉테에게 공을 찔렀다.

곧바로 나바스와 사발레타의 압박이 들어오자 캉테는 앤디에게 공을 넘겼고, 앤디는 잠시 공을 소유하며 공격진들이 자리를 잡길 기다렸다.

정통적인 센터백이 없다고 해서 골을 넣기가 쉬운 것은 아니다. 맨 시티의 중원 역시 활발한 수비 가담을 하는 중이었으니까.

그랬기에 한 번에 모든 것을 뚫을 역습이 아니라면, 지공 역시 매우 중요했다.

그리고 첼시에는 그런 오프 더 볼과 온 더 볼에서 뛰어난 선수가 두 명이나 있었다.

한 명은 앤디였고.

다른 하나는 수비의 뒤를 파고드는 아자르였다.

톡 찍어 찬 로빙 스루패스가 콜라로프를 넘으며 아자르에게 향했다.

골키퍼 브라보는 이번 시즌 최악의 모습을 보여주는 선수 중 하나였다. 그랬기에 모든 사람이 골을 예상했지만, 아자르의 슛은 허무하게 골대를 벗어나고 말았다.

"아오!"

아자르가 아쉽다는 듯 애꿎은 잔디를 찼다.

"좋았어, 계속 그렇게 해!"

터치라인에 있던 원지석이 크게 박수를 치며 금방의 플레이를 칭찬했다. 이미 자리 잡은 수비진을 한순간에 무력화시킨 순간이었다.

첼시는 맨 시티의 수비진을 계속해서 노렸다.

역시 전문 센터백이 없는 만큼 힘겨운 모습을 보였지만, 오히려 골을 만든 것은 맨체스터 시티 쪽이었다.

다비드 실바의 날카로운 스루패스를 받은 아구에로가 수비진을 파고든 것이다.

하지만 아구에로의 슈팅은 골키퍼 쿠르트아의 선방으로 튕겨져 나갔다. 모두가 안도의 한숨과 아쉬움의 탄성을 쏟아낼 때, 멀리서 공을 향해 뛰어오는 사람이 있었다.

데 브라이너였다.

그는 강렬한 슈팅으로 골 망을 흔들었다.

—경기 초반부터 흔들리는 모습을 보였던 맨체스터 시티가 결국 선취골을 뽑아냅니다!

—첼시를 상대로 첫 득점을 한 데 브라이너!

골이 먹히는 모습에 원지석이 손으로 눈을 덮으며 고개를 저었다.

워낙 순간적이었기에 수비진이 데 브라이너의 움직임을 놓쳤다. 잠깐의 실수가 결국 골을 만든 것이다.

"다들 집중해!"

원지석은 손짓으로 수비진의 라인을 직접 조정했다.

공격할 때 역시 마찬가지였다. 안으로 들어가라는 제스처에 아자르와 코스타가 동시에 속력을 올렸다.

그런 둘을 보며.

앤디가 날카로운 스루패스를 찔렀다.

공은 코스타가 있는 쪽을 향해 낮게 쏘아졌다.

코스타는 자신의 앞까지 배달된 택배를 슈팅으로 마무리했다. 각이 없었지만 브라보를 지나친 공은 그대로 골문 구석을 향해 빨려 들어갔다.

─첼시가 몇 분 지나지 않아 동점골을 뽑아냅니다!

─기뻐하는 맨 시티 홈 팬들에게 바로 찬물을 끼얹는 디에고 코스타!

코스타가 포효하며 자신의 왼쪽 가슴을 두드렸다.

결국 경기는 다시 균형을 이루며 치열한 싸움이 이어졌다. 그렇게 후반 60분이 되었을까, 원지석은 슬슬 팀의 기어를 바꾸기로 마음먹었다.

"앤디!"

원지석은 앤디를 불렀다.

그는 주머니에 있던 종이를 꺼내 소년에게 주었다.

"이게 뭐에요?"

"가면서 읽어."

고개를 갸웃거린 앤디가 종이를 펼쳤다.

이후 전술적으로 지시할 내용이 담겨 있었다.

"감독님이 뭐래?"

땀을 닦던 아자르가 물었다.

종이를 찢은 앤디는 어깨를 으쓱이며 답했다.

"지금부터 공격진 세 명은 다 짱박혀 있으래요."

그와 동시에 선수교체가 이루어졌다.

첼시는 파샬리치가 빠지고 파브레가스가 들어갔으며, 센터 백인 루이스가 빠지며 라이언이 투입되었다.

'공격적으로 바꾸는 건가?'

과르디올라가 자신의 매끈한 머리를 만지며 고민에 빠졌다.

센터백이 빠지고 윙백의 투입이라.

더욱 공격적으로 바뀌긴 했다.

일단 라인업에 어떤 변화가 있는지 지켜보고, 그에 맞춰 교체 카드를 쓸 예정이었다.

벤치에서 따로 지시를 받은 파브레가스가 경기장에 들어와 캉테와 킴에게 이후 전술을 설명했다.

"내가 미끼가 될 테니까 너희들이 플레이메이커가 되어야 해."

파브레가스가 수준 높은 압박에 매우 취약한 선수란 건 이미 모르는 사람이 없다. 맨 시티도 분명 이 점을 노릴 것이다.

"괜찮겠어요?"

킴이 걱정스러운 얼굴로 되물었다.

그들도 기본적인 패스야 할 수 있지만, 팀의 공격을 풀어주는 플레이메이커를 할 정도는 아니다.

"괜찮아. 그래서 쟤가 있으니까."

파브레가스는 턱짓으로 라이언을 가리켰다.

라이언은 측면이 아닌 중앙에 자리를 잡은 상황이었다. 마치 센터백처럼.

"무슨 말입니까?"

"그러게. 무슨 말일까."

대답하는 파브레가스가 고민하는 얼굴로 중얼거렸다.

사실 그로서도 긴가민가한 상황이었다.

경기가 재개되었다.

다시 치열한 공방전이 이어지는 와중에도, 묘하게 눈에 밟히는 선수가 있었다.

라이언이었다.

수비나 역습 할 것 없이 그의 모습은 계속해서 중계 카메라에 찍히는 중이었다.

―오늘 라이언 선수의 역할은 리베로인 거 같습니다.

―하지만 일반적으로 알려진 리베로와는 다른 느낌이군요. 보통 리베로 하면 수비 라인을 지휘하며 매우 높은 수비

지능을 요구하는데…….

"우워어어!"

인간 전차가 잔디 위를 달렸다.

확실히 라이언이 공을 몰고 달리는 속도는 발군이었다. 다른 사람들이 공을 막기 위해 압박을 해도 깔끔한 태클이 아닌 이상 몸싸움은 힘겨웠으니까.

만약 공을 뺏길 거 같으면 파브레가스에게 공을 넘긴다. 그 뒤엔 파브레가스 특유의 날카로운 롱패스가 찔러 들어가고.

"오늘 놀러 나왔어요?"

"그런 거 같은데."

거친 숨을 내쉬던 킴이 유유자적 중인 파브레가스에게 말했다.

교체로 들어온 파브레가스에겐 공이 자주 가지 않았다. 그의 주위를 어슬렁거리던 맨 시티 선수들마저 고개를 갸웃거릴 정도로.

대신 패스를 뿌리는 것은 킴과 캉테였다.

라이언에게 패스를 하는 것 역시 그 둘이었다.

그렇게 인간 전차가 달리기 시작하면, 파브레가스를 커버하던 선수들은 어쩔 수 없이 라이언에게 붙는다.

'이런 뜻이었나.'

결국 파브레가스의 압박이 느슨해지면 다시 공은 그에게로 향한다.

그가 패스를 주기 위해 눈을 돌리면 어느새 골문 근처를 서성이는 라이언이 보였다. 이렇게 공격 시에는 네 명의 공격수를 보유하게 된 것이다.

—오늘 라이언의 역할은 리베로가 맞는 거 같지만, 그 느낌은 사뭇 다릅니다.

—하하. 가짜 공격수, 가짜 수비수에 이은 가짜 리베로일까요?

'결국 눈치 싸움이지.'

원지석이 안경을 고쳐 쓰며 그라운드를 보았다.

이제 몰아치는 싸움이 남았을 뿐이다.

만약 처음부터 라인업을 이렇게 짰으면 점차 적응한 맨 시티 쪽에서 대응책을 내놓겠지만, 시간이 얼마 남지 않은 지금만큼은 효과적인 전술이었다.

결국 골이 터졌다.

골문에서 서성거리던 앤디가 패스를 받아 뒤꿈치로 아자르에게 흘렸고, 아자르는 이번엔 실수하지 않고 골을 성공시켰다.

와아아!

첼시의 원정 팬들이 소리를 지르며 극적인 골에 열광했다.

이미 파브레가스와 라이언을 압박하기 위해 수비적인 교체를 했던 맨 시티에겐 좋지 않은 골이었다.

과르디올라는 한 골을 만회하기 위해 수비 라인을 올렸다. 교체로 들어온 페르난두가 마지막 방어선을 지켰고, 페르난지뉴는 그 위로 올라갔다.

얼마 지나지 않아 다시 한번 골이 터졌다.

이번에도 첼시의 골이었다.

역습 상황에서 볼을 끊어낸 캉테가 달려가는 라이언에게 길게 찔러주었고, 라이언은 그대로 하프라인을 넘으며 상대쪽 골문을 향해 달렸다.

맨 시티의 선수들은 이전처럼 파브레가스에게 근접 마크를 하기보다는 지역방어로 패스를 끊어내려 했다.

하지만 라이언은 계속해서 달렸다.

페르난두와 콜라로프가 침을 꿀꺽 삼키며 인간 전차를 앞에 두고 자리를 잡았다.

라이언은 이번엔 돌파도, 패스도 하지 않았다.

대신 강력한 슈팅을 시도했다.

쾅!

전차가 포를 발사했다.

공은 페르난두의 다리 사이를 통과해 골문을 향해 쏘아졌다.

최근 최악의 폼을 보여주는 브라보는 결국 공을 막지 못하고 골을 헌납하고 말았다.

"우워어어!"

라이언이 포효하는 것과 함께 경기는 끝났다.

3 : 1.

변칙적인 전술과, 교체 카드를 통한 눈치 싸움의 끝은 첼시의 승리였다.

그리고 이번 경기의 승리로 첼시는 다른 팀들과의 승점을 더욱 벌리며, 리그 1위를 공고히 굳히게 되었다.

*   *   *

맨체스터 시티와의 경기가 끝난 뒤.

원지석은 피곤한 얼굴로 믹스트 존에 입장했다.

치열한 경기였다. 목이 다 쉬어버린 게 아닐까 싶을 정도로. 그래도 그만한 가치가 있는 승리였다.

"이번 경기에서 앤디와 라이언을 보며 많은 사람들이 놀랐습니다. 앞으로도 둘에게 그런 역할을 맡기실 건가요?"

한 기자의 말에 원지석이 어깨를 으쓱였다.

"글쎄요? 확실한 건 그 둘은 오늘 새로운 자리에서 좋은 활약을 보여줬다는 겁니다. 우리에게 새로운 옵션이 생겼군요."

물론 말은 이렇게 했지만 자주 써먹을 전술은 아니다. 아무리 새로운 전술이라도 자주 쓰이면 대응법이 나오게 마련이니까.

이는 다른 감독들도 아는 사실일 것이다.

그럼에도 혹시나, 하는 심리적인 요인이 들어간다면 좋은 일이었고.

"데 브라이너가 맨 시티에서 보여준 활약은 놀라울 정도입니다. 이런 선수를 팔아버린 첼시에겐 아까운 상황일 텐데요?"

지난 시즌 EPL로 돌아온 데 브라이너는 매우 좋은 퍼포먼스를 보여주고 있었다. 그랬기에 이런 선수를 판 무리뉴를 비난하는 사람들도 많아진 상태였다.

하지만 원지석의 대답은 단호했다.

"전혀요. 확실히 데 브라이너는 좋은 선수입니다. 하지만 당시로선 팀이나 선수에게나 필요한 거래였습니다."

첼시는 당시 약점으로 지적되던 허리에 마티치를 영입했고, 다른 팀으로 떠난 데 브라이너는 세계적인 선수로 성장했다.

바로 다음 팀에서 저렇게 성공하지 않았냐고?

사람은 자신의 미래를 알지 못한다.

원지석은 절대란 걸 믿지 않았다. 당장 오늘 경기 전에 했던 인터뷰도 시즌이 끝나면 어떤 상황이 될지 몰랐으니까.

"이번 승리로 다른 팀과는 승점을 꽤나 벌렸는데, 첼시가 우승할 거라는 세간의 추측에 대해 어떻게 생각하십니까?"

이번에도 원지석은 고개를 저었다.

"그거야말로 제일 모르는 일이군요. 아직 시즌은 반도 지나지 않았습니다. 확정되지 않은 이상 지금의 차이는 의미가 없죠. 우리 선수들도 그 점을 잘 알고 있고요."

승점 차가 심하더라도 그걸 뒤집은 역전 우승의 사례는 꽤 많다.

샴페인을 터뜨리는 건 트로피를 들어 올린 뒤에 해도 늦지 않았다.

*　　　　*　　　　*

"하아."

모든 일정을 끝내고 집에 돌아온 원지석이 한숨을 쉬며 소파에 몸을 누였다.

피로가 온몸을 덮쳤다.

안경을 벗어 옆에 있는 탁자에 놓고 콧등을 주물렀다.

"힘들다."

최근 너무 많은 일이 있었다.

준비해야 할 것도 많고, 마무리 지어야 할 것도 많았다.

슬쩍 밖을 보니 창문을 통해 빛나는 런던의 야경이 보였다. 집도 꽤 넓었으며, 놓여 있는 가구들도 싸구려는 아니다.

제임스 풋볼 아카데미에서 강사를 하며 머물던 허름한 아파트와는 천지 차이였다.

하지만 왜일까. 요즘따라 집이 커진 만큼 허전함을 느낄 때가 있었다.

'여기에 그녀가 있으면.'

문뜩 캐서린의 얼굴이 떠올랐다.

제임스와 제시의 이야기를 듣고 그녀를 떠올릴 때가 많아졌다. 눈을 감아도 그녀의 향기가, 웃는 모습이 떠올랐다.

'잘됐으면.'

감독 생활이나, 연애나.

모든 게 잘됐으면.

원지석이 그렇게 바라고 하루도 지나지 않아서였다.

「[더 선] 폭행 사건에 휘말린 첼시」

결국 더 선이 냄새를 맡고 기사를 터뜨린 것이다.

사건에 얽힌 사람은 원지석과 제임스였다.

사실 기사 내용 자체도 원지석에겐 어이가 없을 정도였다. 그 양아치들이 자신들은 피해자라며, 오히려 정당방위를 주장하고 있는 중이었다.

하지만 사건은 무섭게 확산되고 있었다.

「[메트로] 결국 사고를 친 원지석!」
「[데일리 미러] 첼시를 혼란에 빠뜨린 폭행 스캔들!」

공영방송들은 확실하지 않다는 입장을 취했지만, 사람들의 관심을 먹고 사는 타블로이드지는 달랐다.

그들은 이때다 싶어 첼시와 원지석을 물어뜯었다. 잉글랜드만이 아닌, 잉글랜드 축구를 보는 나라에선 모두 이 사건으로 뜨거웠다.

—마피아 같은 감독이 아니라 진짜 마피아였네!
—주먹질하는 쓰레기.
—첼시 근본 없는 녀석들 수준 나왔죠?

모두가 원지석을 욕했다.

평소 인터넷을 잘 하지 않는 원지석마저 크게 체감할 정도로, 모두가 그와 구단을 비난했다.

─괜찮아요?

캐서린의 걱정이 가득한 말이 들렸다.

전화를 하던 원지석이 쓰게 웃으며 대답했다.

"괜찮아요. 어차피 관련 증거는 다 있으니 문제 될 건 없어요."

─정말이죠? 저도 원이 그렇게 악독한 사람은 아닐 거라 믿어요.

그 양아치들이 대체 무슨 소설을 썼는지.

안 그래도 흉흉했던 루머들마저 사실인 것처럼 받아들여진 지금, 원지석의 악명은 하늘을 뚫을 정도였다.

"구단 측에서 바로 조치를 취했으니까 걱정하지 마세요. 미안해요, 괜히 걱정만 하게 해서."

─아니에요. 힘내요, 원. 사랑해요.

힘겨워 보이는 그녀의 말을 끝으로 전화가 끊어졌다. 별거 아닐 거라 생각했던 일은 그가 아닌 주변 사람을 힘들게 했다.

다행인 것은 구단에서 바로 조치를 취했다는 거였다.

확실한 결과가 나오기 전까진 원지석을 지지한다는 내용의 선언을 했고, 섣부른 억측을 자제할 걸 부탁했다.

사실 당연한 이야기였다.

이미 증거 영상을 확보한 구단이었기에 망설일 이유마저 없었다.

"그럼 영상을 공개하면 되는 거 아닌가요?"

원지석의 말에 한채희가 고개를 저었다.

그녀는 이후에 대한 일을 알려주기 위해 그의 집을 찾은 상황이었다.

"보드진에게 연락해 잠깐 기다리자고 했어요."

그 말을 이해하지 못한 원지석이 얼굴을 구겼다.

"왜죠?"

"뜸을 들이자는 거죠. 궁금하지 않아요? 저 사람들이 무슨 말을 할지, 상황이 뒤집어졌을 때에는 어떤 변명을 할지."

사실 그렇게 심오한 이야기도 아니다.

이번 사건이 몸집을 키울수록, 뒤집어졌을 때의 여파 또한 커질 것이다.

"그 여파가 클수록 좋은 일이죠. 다음에 무슨 일이 생겨도 함부로 당신을 물어뜯지 못할 거예요."

한채희가 웃으며 말했다.

특유의 퇴폐미가 더해진 그 미소는 사람을 홀릴 것 같이 요사스러웠다.

"재미있는 걸 보여줄게요."

불행이라 해야 할지.

아니면 다행이라 해야 할지.

11월에 들며 찾아온 A매치 기간으로 인해 리그는 2주 가까이 쉬어야만 했다.

A매치는 국가대표 경기를 말한다.

이 기간 동안 친선경기나 월드컵 예선, 혹은 대륙별 대회 예선을 치르기도 했다.

국가대표가 아닌 선수들은 푹 쉬겠지만 반대로 혹사를 당하는 선수들도 있을 것이다. 그래서 클럽 감독들은 이 기간을 그리 반기지 않았다.

원지석에 대한 이야기도 이제 숙성되어 가는 중이었다.

루머와 루머가 합쳐져 이제는 하나의 사실처럼 사람들의 입을 오르내렸다. 이제 그에겐 한국에서 사람을 죽이고 도망쳤다는, 본인만 모르는 과거까지 생길 정도였다.

A매치 기간이 끝나고 다시 리그가 재개되었다.

믹스트 존에 들어온 원지석의 얼굴은 눈에 띄게 수척했다. 그럼에도 기자들은 사정없이 그를 물어뜯었다.

"곧 감독직을 내려놓을 거라는 이야기가 있습니다. 사실입니까?"

"피해자들의 부모님이 눈물을 흘렸습니다. 보면서 드시는 생각은?"

모든 기자가 그런 건 아니다.

입을 다무는 기자 역시 있었다.

다만 몇몇 기자는 인터넷에 떠도는 루머들을 진짜처럼 떠들었다.

"여러 번 말한 거 같은데, 저는 그러지 않았습니다."

가라앉은 원지석의 말에도 그들은 멈출 줄을 몰랐다.

이후 신나게 물어뜯긴 후에야 기자회견이 끝나고 경기가 시작되었다.

라커 룸은 조용했다.

그들 역시 원지석이 그럴 사람이 아니란 걸 알았다. 그럼에도 사람들의 손가락질은 구단과 선수에게 영향을 줄 정도였다. 몇몇 선수들은 현 상황에 지친 기색이 역력했다.

"오늘까집니다."

원지석의 말은 단호했다. 얼굴 역시 굳어 있었지만, 믹스트 존에서 보였던 피곤함은 이 순간 찾아볼 수 없었다.

감독이 흔들리면 선수가 흔들리게 된다.

반대로 선수가 흔들리면 감독이 다잡아야 했다.

"이 루머도 내일이면 다 사라지겠죠. 그때까지만 참으라는 말을 내 입으로 하는 게 부끄럽지만, 미안해요. 조금만 더 버팁시다."

오늘 밤, 구단에서 그동안 준비했던 반박 자료를 발표할 것이다. 이쯤이면 뜸이 다 되었다고 판단한 모양이었다.

어찌 되었든 이번 경기는 이겨야 한다.

상대는 이번 시즌 승격한 미들즈브러.

승격 팀을 상대로 첼시는 로테이션을 가동했다.

A매치 기간으로 핵심 선수들이 쉬질 못했고, 며칠 뒤에 챔피언스리그가 있는 만큼 휴식은 필수였다.

그랬기에 오늘 첼시의 포메이션은 442였다.

특이한 점은 투톱으로 나선 두 명이 윌리안과 페드로였다는 점이다. 두 명 모두 전문적인 스트라이커는 아니었다.

코스타는 휴식을, 백업 공격수인 제임스는 아직 경기를 뛸 상태가 아니었기 때문이다.

왼쪽 윙어로 나선 찰리 무손다는 이번 경기를 통해 데뷔를 할 유망주였다. 이미 지난 시즌 라리가의 레알 베티스로 임대를 다녀오며 좋은 활약을 보였다.

확실히 피지컬적으로 완성된 선수는 아니다.

그럼에도 그 드리블과 개인기는 뛰어나다는 평가를 받았다.

─무손다가 파비우 다 실바를 제칩니다! 그대로 크로스를 올리는 무손다!

─하지만 윌리안이 헤딩 경합에 실패합니다!

윌리안과 페드로 모두 헤딩이 뛰어난 선수는 아니다. 그랬기에 오늘 높은 크로스를 올리지 말라고 누누이 말했던 원지석이 소리를 질렀다.

"인마, 낮게 깔아서 차라고!"

무손다는 머쓱한 얼굴로 고개를 끄덕였다.

스페인에서 1군 무대를 경험한 그였지만, 잉글랜드의 리그는 그 느낌이 매우 달랐다. 경기를 시작하고 몇 분 지나지 않아 정강이를 걷어차였기에 알 수 있는 사실이었다.

덕분에 몸이 굳어서 평소보다 못한 개인기가 나오고 있었다. 터치라인에 있던 원지석이 그런 무손다를 불렀다.

"정신 차려!"

짝!

원지석이 두 손으로 무손다의 양 뺨을 가볍게 쳤다.

깜짝 놀란 녀석의 어깨를 꽉 잡으며 말했다.

"축구를 너 혼자 하냐? 자 봐."

경기장 안에 10명의 첼시 선수들이 보였다.

"모두가 함께 뛰는 동료야. 크로스를 올리기 전에 한 번 멈추고 고개를 돌려라. 쟤들이 보일 테니까."

무손다는 멍한 얼굴로 고개를 끄덕이며 경기장에 돌아갔다.

이후 긴장이 풀린 것인지 무손다의 플레이는 한층 더 여유로워졌다. 유망주이고, 아직 가냘픈 몸은 거대한 수비수를 상대로 막혔다. 그럼에도 자신의 잠재성을 충분히 보여주는 중이었다.

그러다 골이 터졌다.

주인공은 페드로였다.

오른쪽 측면미드필더로 나온 파샬리치가 멀리서 올린 크로스를 페드로가 논스톱 발리슛으로 마무리한 것이다.

미들즈브러의 골키퍼인 발데스는 오늘 엄청난 선방을 보여주며 팀의 무실점을 유지했지만, 손을 뻗어도 닿지 않는 공을 보며 허탈한 표정을 지었다.

이후 경기 75분쯤, 무손다가 교체로 나가게 되었다.

첼시 홈 팬들은 그런 무손다에게 박수를 보내주며 새로운 유망주의 데뷔를 축하해 주었다.

무손다 역시 그런 팬들에게 박수를 보냈다. 그러고는 터치라인에서 기다리고 있던 원지석과 포옹을 나누었다.

"고생했다."

"뭘요."

포옹을 끝낸 무손다가 벤치를 향했다.

이후 더 이상의 득점이 터지지 않으며 경기는 끝났다.

승격 팀이라지만 힘든 승리를 거둔 첼시였다.

하지만 경기가 끝나고 원지석의 행동이 다시 도마 위에 올랐다. 무손다의 뺨을 가볍게 때린 게 폭력적이라는 것이 그 이유였다.

"별 미친."

원지석이 그 기사를 보며 중얼거렸다.

이젠 숨만 쉬어도 욕을 먹는 게 뭔지 알 것 같았다.

—감독님은 저를 때리고 싶어서 그런 게 아니에요. 격려를 하기 위한 제스처였지.

무손다 역시 자신의 SNS로 당시 상황을 해명했지만 기이하게도 당사자의 말은 화제가 되지 못했다.

물론 모든 사람이 그런 게 아니다.

현재 상황을 비판하는 사람 역시 당연히 있었다.

—작작 해, 진짜.

—모든 건 결과가 나온 뒤에 욕해도 늦지 않아요.

하지만 그러지 않은 사람 역시 많았다는 게 문제였다. 전염병처럼 퍼진 광기는 사람들의 분노를 이끌었다.

그러던 중 첼시에서 하나의 발표가 나왔다.

「[텔레그래프] 첼시, 당시 상황을 담은 영상을 증거물로 제출」

반격의 시작이었다.

*　　　　　*　　　　　*

「[BBC] 새빨간 거짓말에 놀아난 사람들!」
「[스카이스포츠] 첼시, 법적 대응 검토 중」
「[타임즈] 광기에 지배당한 사람들, 누가 가해자인가?」

첼시에서 공개한 영상은 많은 파란을 일으켰다.

영상 속에서 원지석의 모습은 보이지도 않았다. 오히려 맞기만 하는 제임스의 모습이 찍혀 있었다.

시작은 제임스의 웃는 얼굴이었다. 카메라를 눈치채지 못한 그는 한 테이블로 향했고, 이후 이야기를 나누던 도중 갑자기 폭행이 시작되었다.

이윽고 제임스가 완전히 기절한 뒤에야 영상은 끝났다.

이 일은 사람들에게 많은 충격을 주었다.

원지석을 욕하며 자신의 정의감을 바로 세우던 사람들은 쥐구멍에 숨고 싶어 했고, 얼굴에 철판을 깐 사람들은 구차한 변명을 내뱉었다.

―아니, 저걸 왜 찍고만 있냐??

―저거라도 찍었으니 억울함이라도 풀었지. 전에는 누구보다 열심히 욕을 하더니 이젠 다른 사람 핑계를 대는 거냐?

―누가 이럴 줄 알았대?

―이럴 줄 몰랐으니 입을 다물고 있어야지…….

SNS는 전쟁터나 다름없는 상황이었다.

분란을 일으키는 사람들의 예전 글을 검색하면 놀라운 결과가 나올 때가 있었다.

―맞은 놈이 잘못이지.

애초에 욕을 하고 싶었던 사람들은 계속해서 제임스와 원지석을 욕했다.

더 놀라운 것은 루머를 사실처럼 떠들어댄 언론들은 이전과는 다르게 정정 기사를 아주 작게 썼고, 이러한 기사를 썼는지 모르는 사람조차 많았다.

하지만 원지석은 상관하지 않기로 했다.

그동안 한채희와 구단이 힘을 합쳐 만든 살생부가 이미 완성되었기 때문이다.

원지석은 그들의 기대만큼 착한 사람이 아니다.

그리고 며칠 뒤 찾아온 챔피언스리그.

이번 경기는 도르트문트와의 2차전이다.

믹스트 존에 들어선 원지석의 얼굴은 상대적으로 밝았다. 기자들의 얼굴 역시 대부분이 그런 편이었다. 몇몇 기자들을 빼고는.

원지석은 그 기자들의 얼굴을 기억한다.

지난번에 자신을 사정없이 물어뜯었던 기자들이었으니까.

"반갑네요."

원지석이 웃으며 말했다.

기자회견이 시작되었다.

이번에는 부드러운 분위기 속에서 질문과 대답이 오갔다.

"정말 다사다난했던 시간이었습니다. 이때에 대한 느낌을 물어도 괜찮을까요?"

"이런 일은 매우 슬프고, 실망스러운 일입니다. 여기에 있는 분들 중에서도 몇몇 사람은 사실이 아닌 기사를 진짜처럼 포장했죠."

원지석의 시선이 몇몇 사람을 훑었다.

그와 눈을 마주친 자들의 어깨가 흠칫 떨렸다.

"그런 사람들이 쓴 기사로 인해 제임스는 매우 힘든 시간을 보냈습니다. 친구에게 폭행을 당했을 때보다 사람들의 손가락질을 더 아파했고요."

만약 영상을 구하지 못했으면 어떤 결과가 나왔을지, 상상만 해도 끔찍할 정도였다.

"그런 사람들에게 저희 법무 팀이 알려줄 게 있습니다."

원지석의 어조가 가라앉았다.

그는 굳은 얼굴로 말했다.

"인생은 실전이라는 걸."

인생은 실전이야, 이 좆만아.

*　　　*　　　*

도르트문트와의 2차전.

장소는 첼시의 홈인 스탬포드 브릿지였다.

최근 팀을 흔들었던 스캔들이 끝났기에 홈 팬들의 열기는 매우 뜨거웠다.

터널에서 대기 중이던 선수들 역시 밝아진 얼굴이었다. 심적 부담을 덜어낸 만큼 여유를 되찾은 듯했다.

반면 도르트문트 선수들의 얼굴은 굳어 있었다.

비장하다고 봐도 좋을 것이다.

현재 챔피언스리그 F조는 첼시의 독주 아래 나머지 세 팀의 승점이 같은 상황이었다.

남은 2위라도 차지하려면 승점이 반드시 필요하다.

그랬기에 이번 경기에서 패배는 용납되지 않았다.

라인업에서 그런 의지를 엿볼 수 있었다.

오늘 도르트문트의 라인업은 공격적이었다. 전체적으로 공격 재능을 더 뽐내는 선수들로 구성되었다.

양 윙어인 뎀벨레와 풀리시치는 매우 빠른 발을 이용한 파괴력이 으뜸이었고, 허리를 구성한 괴체와 카가와 역시 공격 본능을 가진 미드필더였다.

이런 만큼 도르트문트는 이번 시즌 매우 막강한 화력을 뽐냈지만, 실점이 그만큼 많은 팀이기도 했다.

그 단점이 두드러졌던 경기가 F조의 다른 팀인 벤피카와의 경기였다. 아무리 슈팅을 퍼부어도 끝내 역습으로 골을 먹히며 무너진 것이다.

첼시 역시 이 사실을 모를 리 없었다. 이번에 그들이 내보낸 선발 라인업도 그런 약점을 공략하기 위해 구성된 팀이었다.

포메이션은 442.

휴식을 취한 아자르와 코스타가 투톱 자리에 섰으며, 양 측면은 전통적인 윙어가 아닌 측면미드필더가 있었다.

왼쪽 미드필더로는 킴이, 오른쪽 미드필더로는 캉테가.

중원은 앤디와 마티치가 짝을 이루었다.

사실상 중원 싸움에서 우위를 가져가겠다는 노림수였다.

경기가 시작되면서 그걸 확실히 알 수 있었다.

원지석의 노림수대로 중원 싸움은 첼시의 승리라고 봐도 좋았다. 적장인 투헬 역시 각오한 바였다. 그랬기에 그들은 차라리 중원을 포기하고, 빠른 공격을 가져가기로 했다.

괴체와 카가와는 매우 좋은 패스를 뿌리는 선수들이었다. 그들은 중원에서 맞서 싸우는 대신 공격진을 향해 바로 길게 공을 보냈다.

공을 잡은 풀리시치는 동료인 오바메양이나 뎀벨레만큼은 아니지만 빠른 발을 가진 선수였다. 거기다 기본기와 피지컬 역시 나쁘지 않았고.

"나랑 놀자."

"그럴까?"

킴이 몸을 비비며 압박하자 풀리시치가 피식 웃음을 터뜨렸다.

옆으로 돌아가려는 풀리시치를 킴이 바짝 따라붙었다. 하지만 다시 방향을 전환하려는 듯 움찔거리는 모습을 보며 킴의 입가가 비틀렸다.

'내가 속을 거 같냐.'

킴의 동체시력은 수준급이었다. 비록 태클 스킬은 부족할지라도 어설픈 잔재주는 통하지 않는다.

하지만 예상을 깬 풀리시치는 뒤꿈치로 킴의 가랑이 사이에 공을 흘려보냈다. 서둘러 킴이 몸을 돌렸지만 이미 속력이 붙은 풀리시치는 공을 잡고 멀찌감치 달아난 상황.

—킴의 압박을 벗겨낸 풀리시치가 계속해서 달립니다!
—벌써 도르트문트의 선수들이 자리를 잡고 있어요! 확실히 공격 상황에선 매우 무서운 전술이군요!

페널티에어리어에는 오바메양이, 그 근처에는 날카로운 패스를 찔러줄 괴체와 카가와가 있다.

하지만 지금은 첼시의 중원이 수비적인 가담을 하고 있기에 틈이 보이지 않았다.

"계속 달려!"

투헬이 크게 소리치며 앞으로 나아가라는 손짓을 했다. 쉽게 얻지 못할 기회였다. 이번 기회만큼은 반드시 살려야 했다.

감독의 지시에 따라 풀리시치가 라인을 더 파고들었다.

그사이 마티치와 캉테 사이를 뚫고 수비진을 향해 달리는 괴체가 보였다.

풀리시치가 낮게 깔아 찬 크로스를 괴체에게 보냈다. 케이힐이 다리를 뻗으며 공을 걷어내려 했지만, 먼저 공을 잡은 괴체가 다시 공을 흘렸다.

그 공을 잡은 것은 오바메양이었다.

—괴체! 공을 흘립니다! 아, 오바메양!!

—골입니다! 엄청난 스피드로 달려온 오바메양의 선취골! 도르트문트의 스포츠카가 멋지게 골을 성공시킵니다!

골을 넣은 오바메양이 셀레브레이션으로 덤블링을 선보였다. 첼시의 수비진들은 허망한 얼굴로 그 모습을 멍하니 지켜보았다.

"하아."

원지석이 한숨을 쉬며 고개를 저었다.

방금 실점은 오바메양이 워낙 빠른 것도 있지만, 괴체의 마크를 실패한 케이힐의 실수에서 나온 골이라고 할 수 있었다.

'새로운 수비수가 필요해.'

케이힐은 뛰어난 수비수였다. 그러나 나이가 들며 이제는 기량 하락이 뚜렷하게 보이는 선수이기도 했다.

케이힐과 루이스, 그리고 아스필리쿠에타가 호흡을 맞춘 쓰리백에선 그런 단점을 보충하는 게 가능하다. 하지만 언제까지고 쓰리백을 쓸 순 없다.

'겨울에 새 선수가 있을지는 모르겠다만.'

우선은 눈앞의 경기가 먼저다.

물론 첼시라고 해서 기회가 없는 건 아니었다.

확실히 첼시가 중원을 가져간 것은 커다란 이점이었다. 측면에서 공을 탈취한 캉테가 앤디에게 공을 보냈고, 앤디는 길게 패스를 뿌려 아자르에게 주었다.

아자르는 처진 공격수로도 매우 좋은 모습을 보였다.

수비 사이사이를 유린하며 코스타가 더 편히 움직이도록 도왔다.

이번에도 아자르는 측면으로 슬금슬금 빠지며 수비수들을 자신에게 오도록 유도했다.

도르트문트가 이번 시즌 실점이 많은 것은 공격적인 전술도 있지만, 수비수들의 폼이 떨어진 것도 컸다.

오른쪽 풀백인 긴터와, 이번 시즌에 새로 영입된 중앙수비수 바르트라는 전반기 동안 최악의 폼을 보여주는 선수들이었다.

원지석이 투톱으로 공략하려는 부분도 그 둘이었다.

아자르가 긴터를.

코스타가 바르트라를 공략한다.

물론 다른 중앙수비수인 소크라테스나, 왼쪽 풀백인 게레이루가 고군분투하지만 그 한계가 있었다.

마침 긴터를 돌파한 아자르가 그대로 골문을 향해 달렸다. 소크라테스가 얼굴을 구기며 슬쩍 뒤를 보았다.

패스를 받으려고 몸을 바쁘게 움직이는 코스타의 모습이

보였다. 이런 놈을 내버려 둘 수는 없기에 결국 소크라테스는 공간 수비를 하며 슈팅 각도를 좁히려 했다.

―공을 몰고 달리는 아자르, 아자르!!
―수비수가 따라붙기 전에 슈팅을 합니다! 고, 고오오오올! 경기가 끝나기 전에 한 점 따라붙는 첼시!

아자르의 반박자 빠른 슈팅이 골문 구석으로 정확히 빨려 들어갔다.

와아아아!

첼시! 첼시! 첼시!

홈 팬들이 응원 소리를 더욱 높였다.

원지석 역시 골이 들어가자 환호하며 관중석을 향해 달렸다. 홈 팬들과 격한 셀레브레이션을 나누는 감독을 보며 해설진들이 웃음을 터뜨렸다.

―원이 아주 기뻐하는군요!
―팬들 역시 놀란 얼굴입니다. 확실한 팬 서비스네요!

그렇게 전반전이 끝나고 들어온 라커 룸.

원지석은 선수들의 어깨를 한 번씩 두드려 주며 잘 뛰었다는 말을 남겼다.

"전술을 좀 바꿀게요."

이미 도르트문트의 공격진은 발이 느린 케이힐을 계속해서 파고드는 중이었다. 처음에는 케이힐을 교체시킬까 했지만 조금 더 지켜보기로 마음먹었다.

"킴, 너는 중원 싸움보다는 뒤로 빠져서 포백을 보호해. 대신 시디베가 중원 압박을 더 해주고."

오늘 왼쪽 풀백으로 나온 시디베는 포백인 만큼 중원 싸움에 가담하기보다는, 측면 지원을 해주는 쪽이었다. 그랬기에 킴과 시디베가 서로의 빈자리를 채워주길 바랐다.

"아스피는 그냥 라인 따라 달려가다 크로스를 올려줘요. 할 수 있죠?"

아스필리쿠에타는 유소년 때 공격형미드필더로 축구를 시작했다. 그만큼 기본적인 패스와 크로스는 곧잘 하는 편이었다.

짝!

"좋아요. 그럼 갑시다."

휴식은 끝났다.

자신의 역할을 이해하도록 시간을 준 원지석은 박수를 한 번 치며 자리에서 일어났다.

후반전이 시작되었다.

도르트문트는 긴터의 움직임을 최소한으로 제한시키며 좀 더 수비적인 안정을 가지려 했다.

대신 오른쪽 윙어인 풀리시치가 활발히 움직이며 공수 간의 균형을 유지하려 애썼다. 하지만 전반전만큼 쉽게 풀리지는 않았는데, 마치 왼쪽 풀백처럼 킴이 수비를 도왔기 때문이다.

방금처럼 킴을 따돌리려던 풀리시치는 라인을 넘어서는 공을 보며 허탈한 얼굴로 발을 멈췄다.

라인에 가둬두며 압박을 하니 그만큼 드리블을 할 공간이 적어진 것이다.

재빨리 공을 잡은 킴은 앤디를 향해 공을 던졌다.

도르트문트의 중원 중 유일한 수비형미드필더인 바이글이 그런 앤디를 막아서려 했지만, 공은 이미 아자르를 향해 길게 찔러진 뒤였다.

아자르가 다시 긴터를 노렸다. 최근 최악의 폼을 보여주는 긴터에게 그는 호환마마보다 무서운 드리블러였다.

'이번엔 꼭 막고 만다!'

실수를 만회하기 위해 이를 악문 긴터가 발을 뻗었다.

하지만 그가 건든 것은 공이 아니었다.

아자르의 발이었다.

"아아악!"

아자르가 비명을 지르며 쓰러졌다.

동시에 휘슬이 울렸고.

긴터는 멍하니 주심을 보았다.

"저 개새끼가!"

벤치에 앉아 있던 원지석이 몸을 벌떡 일으키며 터치라인으로 뛰었다.

"심판, 이거 실수인 거 알지? 라인도 밖이었어."

"무슨 개소리야! 정확히 페널티에어리어 안에서 밟았는데!"

선수들이 주심을 앞에 두고 말싸움을 벌였다.

주심은 바로 옆에서 상황을 본 부심에게 설명을 들었는지 고개를 끄덕였다.

그리고 그가 가슴팍에서 꺼낸 것은 붉은색의 카드였다.

레드카드.

동시에 첼시에게 주어진 PK.

첼시가 역전의 기회를 잡았다.

*   *   *

페널티킥 키커로 선 건 아자르였다.

다행히 부상을 입진 않았는지 그는 옷에 묻은 잔디를 털어내며 몸을 일으켰다.

왜 앤디가 아니냐고 묻는 사람도 있겠지만, 아자르 역시 매우 뛰어난 페널티 키커였다. 실제로 지금까지 페널티킥을 차며 단 한 번의 실축을 했을 정도로.

후우.

한숨을 쉰 아자르가 발을 뗐다.

공을 향해 달리는 아자르를 보며 골키퍼 뷔르키가 꿀꺽 침을 삼켰다. 어디로 찰 것인가. 공이 쏘아지는 것과 함께 그가 몸을 날렸다.

방향은 맞았다.

하지만 공은 손 아래를 스치며 그대로 골 망을 출렁였다.

─역전에 성공하는 첼시!

─다른 경기장에선 AS 모나코가 벤피카를 상대로 이기고 있는 만큼, 도르트문트로선 분발해야 하는 상황입니다!

도르트문트 팬들의 얼굴이 구겨졌다.

첼시가 나머지 팀들까지 잡아준다면 문제가 없었다. 도르트문트 역시 다른 팀들을 이기면 되니까.

하지만 혹여 비기기라도 한다면, 그때부턴 탈락할 확률이 높아지게 되는 것이다.

'최소한 무승부라도 건져야 한다.'

투헬이 아랫입술을 깨물며 턱을 쓰다듬었다.

그렇다고 무작정 라인을 올리기엔 너무 위험했다. 이제부터 첼시는 철저히 장악한 중원을 이용할 테니까.

'멀리서 퍼붓든가, 신중하게 만들든가.'

그는 괴체를 불러 자신의 지시를 전했다.

"일단 신중하게 공격을 풀어라. 도저히 각이 보이지 않으면 슈팅을 때려도 돼."

고개를 끄덕인 괴체가 자리로 돌아가 새로운 지시를 알렸다.

다시 경기가 시작되었다.

투헬은 수비진을 향해 계속해서 소리를 질렀다. 이제부터 단 한 번의 실수도 용납할 수 없었기 때문이다.

덕분에 공격진과 수비진 사이를 이어주는 바이글은 젖 먹던 힘까지 짜내는 중이었다. 허파가 비틀리는 느낌에 살면서 이렇게 뛴 게 얼마 만일까 생각될 정도였다.

그렇게 겨우 볼을 따낸 바이글은 멀리 롱패스를 하며 공을 카가와에게 전달했다.

괴체와 짧은 패스를 주고받던 카가와는 이후 측면을 파고드는 뎀벨레를 보고선 스루패스를 찔렀다.

―카가와의 날카로운 패스! 뎀벨레가 공을 몰고 달리지만

캉테가 금세 따라붙습니다!

'이 새낀 지치지도 않나.'

뎀벨레가 캉테를 보며 얼굴을 구겼다.

반대쪽 풀리시치도 같은 생각을 하고 있을 것이다. 오늘 첼시의 측면미드필더들은 모두 활동량과 지구력이 뛰어난 하드워커들로 구성되어 있었다.

어느새 나타나 자신의 앞을 커버하는 캉테를 보며 뎀벨레가 혀를 찼다. 슬쩍 고개를 돌리니 어슬렁거리는 마티치가 보였다. 패스를 주기엔 무리인 듯싶었다.

'차라고 했으니까 찬다.'

감독의 지시를 떠올린 뎀벨레가 바로 중거리 슈팅을 때렸다.

—먼 거리에서 슛을 날리는 뎀벨레! 하지만 어림없는 볼이었습니다.

—첼시 선수들이 경기를 자신의 것으로 만들었습니다. 도르트문트로선 선수교체를 통해 새로운 방법을 모색하는 것도 좋은 방법일 거 같군요.

해설진이 그 말을 하고 얼마 지나지 않아 투헬은 선수교체를 실행했다.

괴체가 빠지고 만능형 미드필더인 곤살로 카스트로가, 뎀벨레가 빠지고 측면공격수인 안드레 쉬얼레가.

이로서 도르트문트는 4141의 포메이션에서 4231로 바꾸는 형식이 되었다. 중원에서 완전히 밀릴 수는 없다는 것과 멀리서 한 방을 노리겠다는 의지를 표현한 것이다.

하지만 경기는 이렇다 할 변화를 보이지 않았다.

오늘 첼시의 미드필더진은 매우 좋은 퍼포먼스를 보이고 있었다. 이미 완전히 장악한 중원을 내줄 수 없다며 계속해서 도르트문트를 몰아붙였다.

예전에 첼시 소속이었던 쉬얼레가 슈팅을 몇 번 날렸지만, 쿠르트아에게 모두 막히며 고개를 떨구었다.

그걸로 경기는 끝.

2 : 1.

비록 초반에 골을 먹었다지만 좋은 경기력 끝에 승리를 챙긴 첼시였다.

*   *   *

「[빌트] 또다시 실수를 저지른 긴터!」

「[빌트] 라커 룸에서 선수들과 언쟁을 벌인 투헬?」

경기가 끝나고 언론의 관심은 대부분 패자인 도르트문트에게 쏠아졌다.

페널티킥을 내준 긴터는 언론의 비판을 한 몸에 받았고, 투헬은 고참 선수들과 말싸움을 벌였다는 루머가 돌며 팀을 더욱 혼란스럽게 한 것이다.

첼시 역시 조용한 편은 아니었다.

다만 선수들보다는 원지석이 더 많은 관심을 받았다.

일단 오늘 경기에서 준비한 전술의 경기력이 인상적이었다는 것과, 기자회견에서 한 말이 그랬다.

인생은 실전이란 걸 보여주겠다.

이미 법무 팀이라는 언급까지 했으니 모를 수가 없는 뜻이었다.

―한 번만 봐주세요… 제가 욕을 한 게 아니라 우리 집 고양이가 그랬어요…….

―뭘 또 겁을 먹냐ㅋㅋ 진짜 고소할 거 같아?? 정말 그러면 내가 알몸으로 스탬포드 브릿지 세 바퀴 돈다.

―캡쳐했다.

겁을 먹은 사람들.

믿지 않으며 비웃는 사람들.

그리고 멀리 떨어져서 팝콘을 씹으며 즐기는 사람들로 아비 규환이 될 정도였다.

그러는 사이 첼시는 간만에 좋은 소식을 발표했다.

「[오피셜] 원지석, 계약기간 1년 연장에 합의」

결국 원지석이 재계약에 합의한 것이다.

구단에선 1년 연장이 아닌 장기계약을 원했지만, 이번에도 원지석은 1년이란 입장을 고수했다. 기간이야 아쉬워도 어찌 되었든 첼시로선 한숨 돌린 상황이었다.

"지난 인터뷰에서 팀에 남는다고 했던 게 결국은 호재가 되었네요."

한채희가 홈페이지에 올라온 사진을 보며 중얼거렸다. 사진 속엔 계약서에 사인을 하는 원지석의 모습이 찍혀 있었다.

확실히 그녀의 말대로였다.

원지석이 기자회견에서 첼시에 남는다는 말을 했을 때, 구단 측에선 매우 좋은 반응을 보인 모양이었다.

덕분에 폭행 스캔들이 터질 때에도 매우 적극적인 도움을 받았다. 지금은 법무 팀이 열심히 일하는 중이었고.

분위기가 개선된 첼시는 이에 탄력을 받았는지 계속해서

승리를 거두며 리그를 독주하기 시작했다.

「[텔레그래프] 구단 역사상 처음으로 12연승을 달성한 첼시!」

「[BBC] 첼시, EPL 최초의 15연승이란 기록을 세우다」

「[가디언] 코스타 해트트릭으로 기록을 갱신한 첼시」

「[스카이스포츠] 또 승리한 첼시! 17연승 달성!」

첼시는 이기고, 또 이겼다.

이 독주는 리그에서 멈추지 않았다. 기어코 챔피언스리그 조별 예선에서도 모두 승리를 거두며 압도적인 1위를 차지한 것이다.

챔피언스리그 F조에서 마지막 자리를 차지한 것은 AS 모나코였다. 사실상 2위를 결정짓는 도르트문트와의 맞대결에서 승리를 챙기며 막차를 탔다.

도르트문트의 탈락은 사람들에게 큰 충격을 주었다. 덕분에 언론들의 먹잇감이 되어 바람 잘 날이 없었다.

한편 첼시는 이번 시즌 고비라 할 수 있는 박싱 데이를 대비하고 있었다.

사람들은 이제 첼시의 우승을 의심하지 않았다. 그들이 신경 쓰는 것은 이 팀이 어떤 기록을 세울 거냐는 쪽이었다.

이번 박싱 데이가 그런 기록의 분수령이 될 것이다.

혹자는 첼시의 무패 우승에 대한 가능성을 점치기도 했다.

"무패 우승은 불가능하죠."

그런 사람들의 생각에 대해 원지석의 답변은 부정적이었다.

박싱 데이의 첫 경기인 토트넘전.

기자회견을 하던 원지석이 그런 질문에 고개를 저었다.

사실 이런 의견은 우승을 향해 달리는 팀이라면 자주 듣던 소리였다. 하지만 실제 무패 우승을 달성한 팀은 얼마 되지 않는다.

"어차피 그런 건 시즌 마지막 경기에서나 의미가 있는 겁니다. 지금으로선 신경 쓸 필요가 없어요."

선수들이 경기가 아닌 기록에 신경을 쓰다 보면 팀의 경기력은 흔들린다. 감독으로서 그런 꼴을 두고 볼 수는 없다.

"자만하지 말아야 합니다."

감독이나, 선수에게나 모두 해당되는 말이다.

첼시는 이번 시즌 로테이션을 굉장히 많이 돌린 편이라고 할 수 있었다. 벤치 자원의 기량이 떨어진단 소릴 듣지만 어찌어찌 승리를 꾸역꾸역 이어갔다.

덕분에 혹사된 선수가 없었고, 다행인 것은 부상자가 없다는 거였다. 이번 박싱 데이에서 그 효과를 볼 수 있을 것이다.

상대 팀인 토트넘은 최근 쓰리백으로 재미를 보는 중이었다.

더군다나 주포인 해리 케인은 현재 득점 1위를 달리는 선수였다.

이번 시즌 득점왕에 가장 가깝다는 평가를 증명하듯, 케인은 약팀과 강팀을 가리지 않으며 무서운 득점력을 뽐냈다. 어떤 위치에서든지 만들어내는 슈팅은 꽤 위협적이어서 골키퍼들을 안심할 수 없게 했다.

그 밑에 선 델레 알리와 에릭센 역시 탁월한 공격 능력을 자랑하는 선수들이었다.

비록 더러운 인성 때문에 구설수에 오를지라도, 알리의 실력은 의심할 바 없다.

거기다 에릭센 역시 이번 시즌 가장 뛰어난 플레이메이커 중 하나였다.

"이것들을 어떻게 막아야 잘 막았다고 소문이 날까."

원지석은 전술 보드에 붙은 그 세 명을 보며 고민에 빠졌다.

지난 시즌에는 첼시가 힘겹게 승리를 거두긴 했다. 하지만 이번 시즌 다른 전술을 들고 온 만큼 다른 대응법을 준비해야 할 것이다.

"이 카드는 어때?"

스티브 홀랜드가 전술 보드에 한 선수를 붙였다.

라이언 반스.

이번 시즌 로테이션과 교체로 알짜 같은 활약을 보여주는 피지컬 괴물.

"라이언을요?"

"덩치에는 덩치로. 완야마가 플레이하는 걸 보니 웬만한 피지컬로는 안 되겠더군."

이번 시즌 토트넘으로 이적한 빅터 완야마는 매우 좋은 퍼포먼스를 보여주는 수비형미드필더였다. 다만 쓸데없이 반칙을 저질러 카드를 수집하는 선수이기도 했다.

"그리고 공격진에는 이 녀석을."

홀랜드가 하나의 선수를 더 뽑았다.

제임스 파커.

퇴원 이후 훈련에 매진해 복귀 준비를 마친 돌아이.

문제는 그 옆에 놓인 코스타였다.

저 둘은 아직까지 같이 발을 맞춘 적이 없다.

"흐음. 혹시 장난으로 그러는 건 아니죠?"

원지석의 말에 홀랜드가 고개를 저었다.

"아니, 난 괜찮을 거라 생각하는데. 설마 주먹질이라도 하겠어?"

"멱살잡이라면 할 거 같은데요. 굳이 지들끼리 하지 않더라도 알리라든가."

원지석의 말에 옆에 있던 코치진들이 웃음을 터뜨렸다.

첼시의 전술 코치 한 명이 자신의 의견을 꺼냈다.

"서로 합을 맞춰본 적도 없을 텐데, 갑자기 그렇게 할 수는 없죠."

"그럼 교체로 제임스를 투입시키든지. 그 정도는 괜찮잖아? 어차피 프리롤로 두면 서로 본체만체할 거 같은데."

그 정도야 뭐.

고민하던 원지석이 슬쩍 고개를 돌렸다.

"오르테가, 녀석의 몸 상태는 어때요?"

첼시의 피트니스 코치인 이반 오르테가가 고개를 끄덕이며 답했다.

"최고는 아니더라도 경기에 뛸 수는 있을 겁니다. 스티브 말대로 교체 투입된다면 괜찮겠죠."

"좋아요. 그럼 제임스는 그 전날에 있는 2군 경기에서 빼주세요. 아니면 45분 이하로 뛰게 해주시고."

원지석의 말에 첼시의 2군 감독인 아디 비뵈시가 알겠다며 고개를 끄덕였다.

그렇게 전술을 조율하고, 토트넘과의 경기 당일.

첼시는 선발 라인업으로 쓰리백을 들고 왔다.

케이힐과 루이스의 단점을 가장 보완할 수 있는 포메이션이자, 아직까진 라이언을 쓰기에 최적이라 할 수 있는 전술.

왼쪽 윙백에는 라이언이, 그리고 오른쪽에는 자신의 자리로 돌아간 시디베가.

중앙에는 캉테와 킴이 호흡을 맞추었다.

최근 폼이 좋지 못한 마티치를 밀어낸 킴은 당당히 자신의 자리를 차지했다.

최전방에는 코스타가, 그 아래에는 아자르와 앤디가 자리를 잡았다. 아자르는 사실상 프리롤로 1선과 2선을 자유롭게 누빌 것이다.

―벤치에는 간만에 제임스가 이름을 올렸습니다.

―한동안 첼시를 떠들썩하게 했던 폭행 스캔들이었죠? 당시 어린 선수의 멘탈에 우려를 보낸 사람도 있었는데, 이제는 잘 수습한 모양이군요.

벤치에 앉은 제임스의 얼굴은 느긋해 보였다.

사실 사람들에게 많은 욕을 먹은 것치고 제임스의 멘탈은 멀쩡한 편이었다. 제시와의 사랑을 다시 확인한 게 무엇보다 기뻤으니까. 사랑의 힘은 대단했다.

삐이익!

경기가 시작되었다.

지역 라이벌인 데다가, 첼시의 연승 기록을 깬다는 승부욕으로 토트넘의 기세는 뜨거운 상황. 그만큼 치열한 경기가 예상되었다.

한동안 공을 주고받던 중 토트넘의 오른쪽에 틈이 생겼다.

그 사이를 라이언이 돌파했다.

그런 인간 전차를 막은 것은 빅터 완야마였다.

완야마 역시 단단한 체구를 자랑하는 수비형미드필더였다. 그런 피지컬을 이용한 수비 역시 일품이었다.

쿵!

그런 선수들이 충돌했다.

'무슨 사람 몸이.'

흡사 벽에 부딪친 것 같은 단단함에 완야마가 얼굴을 찌푸렸다. 반면 라이언은 눈을 번쩍 빛냈다.

"라이언은."

"뭐?"

"라이언은 지지 않는다!"

몸을 비비는 완야마에게 자극을 받은 것일까.

엉뚱한 데서 승부욕을 발동한 라이언이 증기기관처럼 콧김을 뿜어내며 돌파를 시도했다.

"크억!"

그 결과로 완야마가 튕겼다.

땅을 뒹구는 그를 보며 라이언이 만족스러운 미소를 지었다. 승리다. 그렇게 생각할 때였다.

삐익!

갑자기 휘슬을 분 주심이 라이언에게 다가와 무언가를 꺼냈다.

노란색의 그것.

옐로카드였다.

*   *   *

자신에게 주어진 옐로카드를 보며 라이언이 고개를 갸웃거렸다.

"라이언은 잘못 없다."

"헛소리 말고 돌아가."

주심은 단호히 고개를 저었다.

그 말에 라이언의 얼굴이 구겨졌다.

혹여 주심에게 덤비다 퇴장을 당할까 우려한 아스필리쿠에타가 그런 라이언을 말렸다.

"일단 돌아가자."

"라이언은 정말 아무 짓도 안 했다!"

아스필리쿠에타는 얼굴이 시뻘게진 라이언을 다독였다. 어찌 되었든 심판은 자신의 결정을 물리지 않을 것이다.

우우우우!

첼시 홈 팬들이 심판의 판정에 야유를 보냈다.

반대로 토트넘의 팬들은 환호와 박수 소리를 보냈다.

한편 해설진들은 리플레이를 통해 방금 있었던 상황을 자세히 파악했다.

─이 장면이군요. 라이언과 완야마가 몸싸움을 벌이고 있습니다.

─아, 라이언 선수는 별다른 파울을 하지 않았군요! 확실히 첼시로선 억울하다 말할 수 있을 판정이겠습니다.

─어쩌면 지난 시즌의 경기가 영향을 준 게 아닐까 싶어요.

지난 시즌 후반기에 있었던 토트넘과 첼시의 경기는 매우 격렬했다.

특히 토트넘은 8장의 옐로카드를 받았음에도 왜 레드카드가 나오지 않았냐며 논란이 심했던 경기였다.

─아마도 이번 주심은, 그때처럼 과열된 양상이 나오기 전에 미리 끊어내려는 거 같습니다.

즉, 이번 경고는 라이언만이 아닌 양 팀 모두에게 하는 경고

일 수 있었다.

"미치겠네."

그걸 보던 원지석이 나직이 중얼거렸다.

그 이유야 어찌 됐든 첼시로선 받지 않아도 될 카드를 하나 받게 된 것이다.

라이언은 자신의 장점인 파워풀한 수비를 마음껏 하지 못할 것이며, 방금처럼 돌파를 하면서도 억울한 파울을 당할 수 있었다.

"뭘 봐, 인마!"

원지석은 자신을 물끄러미 보던 알리를 향해 으르렁거렸다. 그제야 알리가 황급히 눈을 돌리며 자신의 자리로 돌아갔다.

알리치고는 싱거운 반응이었지만, 이전에 있었던 일 때문인지 괜한 싸움은 하지 않기로 한 모양이었다.

다시 경기가 시작되었다.

확실히 해리 케인은 무서운 공격수였다.

그는 좀 거리가 있는 상태에서도 각이 있으면 바로 슈팅을 때렸다. 그게 꽤나 위협적이라 쿠르트아가 아니었으면 골을 먹혔을 슈팅 역시 있었다.

오늘 쓰리백의 스위퍼로 나온 루이스는 그런 케인을 전담 마크했다. 활발히 움직이는 수비수였기에 케인이 먼 거리에서 슈팅을 때리도록 잘 커버하는 중이기도 했다.

하지만 역습 상황에서 공격 본능을 주체하지 못하고 슬금슬금 앞으로 나가려 할 때엔 어김없이 원지석의 호통이 들렸다.

"루이스! 시발, 지금 정신을 어디다 두고 있어요!"

그제야 루이스가 몸을 움찔하며 자신의 자리로 돌아갔다.

가끔씩 보이는 돌발 상황만 아니면 참 좋은 수비수일 텐데, 원지석이 쓴 입맛을 다시며 눈을 돌렸다.

경기는 서로 치고받으면서도 골이 터지지 않는 상황이었다. 수비에 막히거나, 골키퍼가 좋은 선방을 보여주며 스코어의 변화가 없었다.

의외로 라이언은 별다른 사고를 치지 않고 있었다. 워낙 호전적인 성격이라 다시 격한 몸싸움을 벌일 줄 알았건만, 오히려 차분한 모습으로 괜찮은 경기력을 보여주었다.

"심장은 뜨겁게! 머리는 차갑게!"

순간 원지석이 눈을 비빌 장면이 나왔다.

첼시 진영 끝자락에 있던 라이언이 뻥 하며 로켓포를 쏘아 올렸다. 그리고 그 공은 놀랍게도 오프사이드트랩 근처에 있던 앤디에게 도착했다.

─아, 이게 뭔가요! 그대로 벗어날 거 같았던 공이 크로스가 되어 연결됩니다!

―대지를 가르는 패스가 아니라 하늘을 가르는 패스군요. 하하, 마치 베컴이 떠오르게 하는 엄청난 장거리 크로스였습니다.

"오 마이 갓!"

원지석이 다물지 못한 입을 손으로 가리며 충격에 빠졌다.

그것은 공을 받은 앤디 역시 마찬가지였다.

순간 어디서 온 공인지 어리둥절했던 소년은 이내 정신을 차리고 왼쪽 윙백인 로즈의 압박을 벗겨냈다.

동시에 아자르와 코스타 역시 수비 사이를 헤치며 공을 받을 준비를 했다.

'줄 곳이 없어.'

앤디는 토트넘의 수비수들을 보며 고민했다.

이대로라면 패스를 준다고 해봤자 또다시 막힐 게 뻔히 보였기 때문이다.

'차라리.'

방향을 전환한 앤디가 페널티에어리어 안쪽으로 진입했다.

'지금!'

중앙미드필더인 무사 뎀벨레마저 상체 페이크로 벗겨낸 앤디가 곧바로 슈팅을 때렸다.

공은 요리스의 손이 닿지 못한 골문 구석을 향해 부드럽게

휘었다.

─앤디! 앤디이이!

와아아아!
해설자의 비명과 함께 첼시 팬들의 환호성이 울렸다.
앤디는 그런 팬들을 향해 웃으며 손을 흔들었다.
그것만 본다면 축구 영화의 한 장면이 아닐까 싶을 정도로
그림 같은 장면이었다.
라이언의 괴물 같은 킥력으로 인한 장거리 패스, 그리고 그
걸 받으며 수비를 벗겨낸 앤디의 환상적인 골.
이후 토트넘은 실점을 만회하기 위해 더욱 공격적으로 첼
시를 밀어붙였다. 미드필더인 무사 뎀벨레를 빼고 측면공격수
인 손흥민을 넣으며 공격력을 강화시켰다.
원지석 역시 당하지만은 않겠다는 듯 새로운 교체 카드를
꺼냈다.

─제임스군요! 부상과 스캔들을 털어낸 제임스 파커가 간
만에 모습을 비춥니다!

무심한 얼굴의 제임스가 라이언과 하이 파이브를 하며 경

기장 안으로 들어갔다.

"오늘 잘했어!"

원지석이 라이언의 등을 찰싹 때렸다.

얼마나 열심히 뛰었던지, 날이 춥긴 하지만 라이언의 머리 위로 김이 모락모락 날 지경이었다.

라이언이 빠지며 첼시의 포메이션은 쓰리백에서 포백으로 바뀌었다. 오른쪽 윙백이었던 시디베가 왼쪽 풀백으로 자리를 옮겼다.

제임스는 코스타 옆에 섰다.

그런 제임스를 보며 코스타가 얼굴을 구겼다.

"너냐?"

그는 플레이에 열정이 느껴지지 않는 이 뺀질이가 도통 마음에 들지 않았다. 골을 잘 넣지 못했으면 당장 궁둥이를 걷어찼을 것이다.

대답 대신 어깨를 으쓱인 제임스가 휘슬 소리와 함께 몸을 움직였다.

제임스가 프리롤을 가져가며 아자르는 다시 왼쪽 측면을 부수는 역할을 맡았다.

의외인 점은 아자르—제임스—코스타로 이루어지는 공격 라인이 꽤나 좋은 호흡을 보이고 있다는 거였다.

특히 제임스의 세컨드 볼을 받는 위치 선정은 탁월했다. 거의 본능이라 할 수 있었다. 그다음에는 가볍게 흘리는 패스마다 수비수를 벗겨내며 기가 막힌 장면을 만들었다.

하지만 코스타가 그 기회를 계속해서 놓치자 제임스가 한숨을 토했다.

"답답해서 내가 찬다!"

역시 착한 짓은 그의 성미에 맞지 않았다.

이후 앤디의 패스를 받은 제임스가 곧바로 슈팅을 날렸다. 이번에도 패스를 뿌릴 거라 예상했기에 헐거워진 압박 사이로, 데굴데굴 공이 흘러갔다.

ㅡ경기에서 복귀한 제임스가 골을 만들어냅니다!

ㅡ볼 때마다 느끼는 거지만 골을 정말 쉽게 넣는 선수군요! 이번에도 가볍게 찬 슈팅이 골키퍼 요리스의 사각을 향했어요!

골을 넣은 제임스가 카메라 앞까지 뛰어가 엄지손가락을 입에 물었다. 아빠가 됐다는 걸 암시하는 젖병 셀레브레이션이었다.

그러면서 카메라를 향해 눈을 찡긋거리자 관중석에서 환호가 터졌다.

제임스! 제임스! 제임스!

삐이익!

이후 해리 케인이 한 골을 만회했지만, 결국 두 골을 넣은 첼시의 승리로 경기가 끝났다.

「[BBC] 첼시에 등장한 '악마의 재능' 제임스 파커」

한편 제임스의 복귀전은 많은 사람들의 감탄을 불렀다.

악마의 재능.

멘탈에 문제가 있지만 재능만큼은 누구보다 뛰어난 선수에게 붙는 칭호.

물론 제임스는 아직까지 경기장에서 문제를 일으킨 적이 없었다. 그로서는 억울한 일이겠지만, 스캔들의 영향으로 이러한 별명이 붙은 모양이었다.

"악마의 재능? 성장하지 못하면 결국 그거뿐인 거죠."

원지석은 그런 언론의 관심이 달갑지 않았다.

혹여 이 게으른 놈이 인기에 취해 버린 나머지 방탕해지면 어쩌나 하고 우려가 생긴 것이다.

"어디 이상한 소문이라도 들리면 당장 제시한테 연락할 거다. 정신 똑바로 차려."

원지석의 으르렁거림에 제임스가 재빨리 고개를 끄덕였다.

자신의 밑에선 스타일이 다른 선수가 있을지라도, 방탕한

스타는 용납할 수 없었다.

「[타임즈] 첼시, 스완지를 꺾고 19연승 달성」
「[스카이스포츠] 첼시, 뮌헨의 19연승과 타이를 이루다!」

박싱 데이 마지막 경기에서 스완지를 꺾은 첼시는 기어코 19연승을 달성했다.

현재 빅리그 최다 연승 기록은 과르디올라가 뮌헨 시절에 세운 19연승이었다.

20연승에 도전하는 첼시의 앞을 막아선 건, 얄궂게도 과르디올라가 감독으로 있는 맨체스터 시티였다.

「[시티워치] 과르디올라, 원지석은 그 기록을 세울 자격이 있는 감독」

과르디올라는 적장을 향해 엄지를 치켜들었다.

다만 20연승은 안 된다는 농담 섞인 각오로 다가올 경기가 쉽지 않다는 걸 알렸다.

박싱 데이가 끝나며 첼시는 짧은 휴가를 가지게 되었다.

선수들은 자신의 가족, 연인, 친구와 함께 휴식을 만끽했다. 혼자서 조용히 여유를 즐긴 사람 역시 있었다.

원지석은 캐서린과 함께 미국으로 여행을 떠났다.

이런 감상을 남기면 건방지다 생각할 사람이 있겠지만, 사람들의 관심이 덜했기에 좋았던 여행이었다.

런던만이 아니라 이제 잉글랜드에서 그의 얼굴을 모르는 사람은 없었다. 어디를 가더라도 사람들이 핸드폰을 꺼냈고, 그의 모든 행동이 SNS에 올라갔다.

"원, 저거 봐요!"

무언가를 가리키며 웃는 캐서린을 보며 원지석이 미소 지었다.

그렇게 각자가 휴가를 즐기는 동안 겨울 이적 시장이 시작되었다.

첼시 역시 이번 이적 시장을 통해 보강하려는 영역이 있었다. 중앙수비수였다.

「[텔레그래프] 첼시, 사우스햄튼의 반 다이크를 노린다」

버질 반 다이크.

그는 지난 시즌 베스트 센터백이라고 할 수 있었다.

스피드, 피지컬, 공을 다루는 스킬까지 나쁘지 않다. 이번 시즌 역시 좋은 퍼포먼스를 보여주었기에 첼시만이 아니라 많은 클럽들이 그를 탐냈다.

"사줘요!"

자신의 앞에서 당당히 말하는 원지석을 보며 한숨을 쉰 에메날로가 머리를 부여잡았다.

"너무 비싸. 자네도 알지 않은가."

이미 많은 클럽들이 반 다이크를 영입하기 위해 힘을 쏟고 있다는 소식이 있었다. 그중에서도 주요 경쟁자로 맨 시티와 리버풀이 꼽혔다.

맨 시티는 이번 여름에 비싼 돈을 주고 영입한 존 스톤스가 부진한 모습을 보이자 새로운 센터백을 찾는다는 소식이.

리버풀은 계속해서 수비진이 약점으로 지적된 만큼 반 다이크 영입에 필사적이라는 소식이 있었다.

"차라리 이 선수들은 어떤가."

에메날로가 뽑아 온 목록 역시 나쁘지는 않았다.

레알 소에다드의 이니고 마르티네스, 로마의 뤼디거, 레버쿠젠의 조나단 타.

모두 자신이 뛰는 팀에서 잠재성을 꽃피우는 수비수들이었다. 만약 여름 이적 시장이었으면 원지석도 당연히 고개를 끄덕였을 것이다.

"하지만 얘들은 챔스에서 뛰었잖아요."

그게 문제였다.

이 선수들은 전반기에 챔피언스리그 조별 예선을 뛰었다.

그랬기에 첼시로 이적한다고 해도 이후 토너먼트를 뛰지 못한다.

반 다이크가 인기 매물인 이유도 여기 있었다.

이미 EPL에 적응했고, 챔피언스리그를 뛰지 않았기에 바로 투입될 수 있었다.

"내년에 텐센이 돌아오는 것도 염두에 둬야 하네."

현재 분데스리가의 묀헨글라트바흐로 임대를 간 크리스텐센은 자신이 1인분의 수비수라는 걸 증명하고 있었다.

만약 이번에 급하게 수비수를 영입한다 하더라도 내년에는? 거기다 홈그로운마저 채워줄 유망주였기에 절대 포기할 수 없었다.

"흐으음."

원지석이 얼굴을 구기며 앓는 소리를 냈다.

확실히 그로서도 복잡한 문제였다.

결국 반 다이크 영입에 힘을 써보겠다는 말을 들은 후에야 밖으로 나갈 수 있었다.

그리고 대망의 맨 시티전이 찾아왔다.

대기록을 눈앞에 둔 만큼 라커 룸에 앉은 선수들이 긴장한 얼굴로 원지석을 보았다.

"뭐, 왜들 그러고 있어요? 긴장 풀어요. 그렇다고 설렁설렁 뛰면 안 되겠지만."

원지석이 어깨를 으쓱이며 말했다.

농담 섞인 말에 낮은 웃음소리가 들렸다.

"어차피 우리가 노리는 건 20연승이 아니라, 승점 3점이잖아요. 쟤들은 기록을 막는 장애물이 아니라 승점을 두고 다투는 경쟁 상대인 거죠."

이번 경기를 진다고 해서 기록이 깨지는 게 아니다.

승점 3점을 잃는 거였지.

원지석은 그런 기록 때문에 승점을 포기할 수 없었다.

뭐 지루한 말은 여기까지 하고.

"갑시다."

원지석이 라커 룸 밖으로 나갔다.

대기록을 앞둔 첼시의 맨 시티전.

그 경기가 시작되었다.

12 ROUND
악마의 재능 I

첼시는 맨 시티를 상대로 442를 꺼냈다.

지금까지 442 포메이션을 몇 번이나 써왔던 원지석이지만, 이번 라인업은 지금까지와는 조금 달랐다.

아자르가 투톱이 아닌 왼쪽 윙어로 나온 것이다.

오늘 첼시의 최전방은 제임스와 코스타가 섰다.

중원은 캉테와 파샬리치가 섰고, 오른쪽 윙어로는 킴이 나왔다. 이와 같은 선발 명단을 보며 사람들이 고개를 갸웃거렸다.

앤디는 어디 있지?

앤디는 오늘 벤치에서 경기를 시작한다.

이번 시즌부터 핵심적인 선수로 자리 잡은 앤디였기에 불안해하는 사람마저 있었다.

'전술적인 차이지.'

아자르가 쓰리톱처럼 상대방의 진영을 공격한다면, 킴은 수비 가담과 공격 가담을 계속해서 해야 한다. 앤디에게 그런 역할은 어울리지 않았다.

전술이 바뀌면 희생양이 나올 수밖에 없다.

삐이익!

휘슬 소리와 함께 경기가 시작되었다.

오늘의 플레이메이커인 파샬리치가 바로 공을 보내지 않고 상황을 보았다.

킴은 자신의 바로 옆에 있는 반면, 저 멀리 뛰어가는 아자르의 모습이 보였다.

'바로 찔러줄까.'

"야! 여기야!"

고민하던 파샬리치를 부르는 사람이 있었다.

제임스였다.

그는 멀리서 양팔을 흔들며 자신에게 공을 달라는 제스처를 보내는 중이었다.

"빨리!"

파샬리치는 긴가민가하면서도 제임스를 향해 길게 패스를 보냈다. 녀석은 기괴한 자세로 공을 한 번에 받아냈다.

만약 입만 산 망나니였다면 그의 말을 듣는 사람은 없었을 것이다. 하지만 제임스가 훈련장에서 어떻게 골을 넣는지, 어떤 식으로 플레이하는지 보아온 사람이라면 다르다.

제임스는 뒤에 달라붙는 수비수를 백턴으로 작게 돌며 따돌렸다.

그렇게 달리던 녀석이 갑자기 속도를 줄이고 주위를 살폈다. 다른 수비수들이 오길 기다리는 것이다.

마침 근처에 있던 맨 시티의 수비형미드필더, 페르난지뉴가 뒤따라와 태클을 시도했다.

톡톡 짧은 드리블을 하던 제임스는 그 순간 다시 길게 공을 터치하며 속력을 올렸다.

페널티에어리어 안에 들어선 제임스가 슈팅 동작을 취했다. 결국 코스타를 마크하던 수비수들이 슈팅을 막기 위해 나섰다. 이 녀석의 결정력은 아주 뛰어났기에 노마크로 둘 수는 없었다.

하지만 제임스는 슈팅을 하는 척하며 아웃프런트로 공을 흘렸다.

그것은 아무도 예상하지 못한 패스였다.

심지어 같은 편인 코스타마저도.

"이런 미친!"

역시 슈팅을 예상했던 코스타가 깜짝 놀라며 몸을 날렸다. 하지만 공은 끝내 발끝에 닿지 않고 아웃되고 말았다.

"아오!"

제임스가 그거 하나 못 받아먹냐며 두 손을 높이 들었다.

그 제스처에 코스타는 머쓱한 얼굴로 엄지손가락을 들었을 뿐이다.

—만약 발에 닿기만 했다면 매우 멋진 골이 될 뻔했습니다.

—확실히 제임스의 플레이는 어디로 튈지 모르겠군요.

이후 시간이 지날수록 첼시의 공격진은 더 좋은 호흡을 보여주었다.

아자르—제임스—코스타로 이루어지는 삼각 편대는 유기적으로 움직이며 맨 시티의 수비 라인을 붕괴시켰다.

아자르가 측면 라인을 무너뜨리면 프리롤인 제임스가 적재적소의 위치에서 공을 받아냈다.

공을 받은 제임스는 직접 돌파를 한 후 슈팅을 하거나, 아니면 공격을 조율하며 플레이메이커 같은 모습도 보였다.

코스타는 피니셔였다.

그는 왕성한 활동량으로 수비진을 혼란시켰으며, 제임스나 아자르가 보내준 날카로운 패스를 마무리했다.

　―아! 또 골을 넣는 코스타! 이걸로 두 골째입니다!
　―다시 한번 제임스가 어시스트를 기록합니다! 오늘 첼시의 모든 공격포인트에 관여하고 있는 제임스 파커!

　오늘 멀티골을 기록한 코스타가 함성을 지르며 자신의 왼쪽 가슴을 두들겼다.
　거의 라인 끝까지 파고든 제임스가 라보나 킥으로 올린 크로스를 멋지게 골로 완성시킨 것이다.
　코스타가 제임스와 하이 파이브를 나누었다.
　풀타임으로 같이 뛰어보니 이 녀석이 얼마나 별종인지, 그리고 천재인지 알 수 있었다.
　이번 경기에서 제임스는 2골 2도움을 올리며 첼시의 모든 골에 자신의 이름을 올렸다. 모두 제각각의 위치에서 터진 골이었다.
　헤딩으로 어시스트를 올리거나, 엉덩이로 골을 넣거나.
　어슬렁거리면서도 오늘 경기에서 가장 많은 볼 터치를 기록한 걸 보면 신기할 정도였다.
　"너, 진짜 물건이다."
　코스타의 말에도 제임스는 어깨를 으쓱였다.

당연하다는 느낌이 가득했다.

삐이익!

경기가 끝났다.

오늘 첼시는 맨 시티를 4 : 0이라는 스코어로 이기며, 20연
승이란 대기록을 세웠다.

「[BBC] 첼시, 20연승이란 대기록을 세우다!」

「[스카이스포츠] MOM에 선정된 제임스 파커!」

「[시티워치] 과르디올라, 다음 시즌은 다르다」

이번 경기로 인해 과르디올라는 감독 인생 처음으로 전반
기와 후반기에 패배를 당한, 더블을 당하게 되었다.

그런 만큼 다음 시즌에는 달라질 것을 팬들에게 약속했다.

사람들은 이제 첼시가 어디까지 기록을 세울 수 있나 지켜
보았다. 당분간은 상대적으로 약팀과 맞붙기에 기록을 세우기
가 쉬워 보였기 때문이다.

그렇게 다음 상대로 만난 헐시티와의 경기.

전반전이 끝난 지금.

첼시는 2 : 0으로 지고 있었다.

라커 룸에 돌아온 선수들의 얼굴은 죽을 맛이었다.

쪽팔려서?

그것도 맞는 말이다.

하지만 지금은 저 미친놈이 가장 무서웠다.

짝짝짝.

어디선가 들리는 박수 소리.

무표정한 얼굴로 박수를 치는 사람은 원지석이었다.

그들은 감히 그의 눈을 마주치지 못했다.

특히 원지석 바로 앞에 있는 제임스는 죽을 맛이었다.

짬이 낮은 게 죄지.

처음에 이 자리로 배정될 땐 아무것도 알지 못했다. 걷어찬
쓰레기통이 머리를 스치기 전까진.

"좋네요."

박수를 멈춘 원지석이 중얼거렸다.

그게 너희들은 인간이 아닌 쓰레기라는 소리로 들렸다.

"음, 좋아."

고개를 주억거린 원지석의 말은 딱히 감정의 변화가 느껴지
지 않았다.

오히려 그게 화를 내는 것보다 더 무서웠다. 마치 폭풍이
오기 전의 하늘처럼, 께름칙한 맑음이었으니까.

"살다 보면 뭐 이런 날도 있어야죠. 병신같이 못하고, 뭐 기
록도 세웠겠다, 한 번쯤은 져도 될 거 같죠? 응?"

곧 폭탄이 터졌다.

아니, 정확히는 헤어드라이어가 켜졌다.

흔히 라커 룸에서 감독이 갈구는 것을 헤어드라이어라고 한다. 머리가 휘날릴 정도로 갈군다는 걸 뜻했는데, 오늘 선수들은 왜 그런 말이 붙었는지 뼈저리게 깨닫고 있었다.

모든 선수들이 욕을 먹었다.

특히 공격 본능을 주체하지 못하고 수비 라인에서 탈주한 루이스가 그 대상이었다.

루이스는 하프라인을 넘으며 공격에 가담했고, 이후 다시 수비진에 복귀하는 게 늦었다.

이는 결국 실점의 빌미가 되었다.

하지만 원지석은 굳이 루이스만을 꼬집지 않았다.

"케이힐은 주장 달고 뛰면서 뭐 합니까? 그냥 저놈 마실 나갔네 하면서 구경하면 끝이에요? 혹시 둘이 싸웠어요?"

존 테리가 벤치와 라커 룸에서 정신적인 지주로 물러난 이상, 팀의 부주장인 케이힐이 사실상 주장으로 뛰는 상황이었다.

원지석이 나무라는 부분이 이거였다.

케이힐의 기량이 하락세인 것을 안다. 하지만 그게 기량의 한계에서 나온 실점이었다면 이렇게까지 화가 나지 않았을 것이다.

주장은 팀을 대표하는 선수였다.

감독의 뜻을 팀원들에게 전하고, 감독의 뜻을 가장 잘 알아야만 했다.

그러나 오늘 케이힐은 그라운드 내에서 아무런 영향력이 없었다.

"그 주장 완장, 절대 가볍지 않아요."

원지석은 화살을 돌렸다.

다음은 킴이었다.

"킴, 야 이 개새끼야. 주장 말이 우스워? 네가 뭔데 주장 말을 무시하고 다른 곳에 가 있어!"

그 말에 킴이 고개를 숙였다.

세트피스 상황이었다.

킴은 훈련한 내용대로 세컨드 볼을 따내기 위해 페널티에어리어 주변에 자리를 잡았었다.

하지만 무언가를 느낀 것인지 케이힐이 킴에게 헐시티 선수를 마크할 것을 지시했다. 킴이 긴가민가하던 사이 결국 그 선수가 두 번째 골을 터뜨렸다.

"요즘 세상 좋아요. 경기 리플레이도 바로바로 볼 수 있고."

스마트폰에선 첼시의 실점 장면이 계속해서 나오는 중이었다. 도중에 화면을 정지시킨 원지석이 그 장면을 선수들에게 보여주었다.

2 : 0이라는 스코어가 보였다.

"오늘 이 스코어에 변화가 없으면 다음 훈련에서 다 죽는 겁니다."

쾅!

원지석이 라커 룸의 문을 거칠게 닫으며 나가자, 남은 선수들이 한숨을 쉬었다.

"이렇게 화내는 건 처음 아니에요?"

앤디가 슬쩍 물었다.

오늘 욕을 먹지 않은 선수 중 하나였다.

"그렇지. 지난 시즌에 졌을 때도 이 정도는 아니었지."

파브레가스가 고개를 끄덕이며 동의했다.

지난 시즌 첫 패배를 당했을 때도 화를 내긴 했었다. 하지만 이 정도까지는 아니었다.

선수들의 멘탈이 그만큼 해이해졌기 때문이었다.

케이힐과 킴이 더 많은 갈굼을 당한 이유도 그들의 멘탈이 강해서였다. 다른 선수들의 욕까지 감당했다는 게 맞을 것이다.

"시벌."

킴이 벽에 머리를 기대며 나직이 욕을 토했다.

그리고 다시 시작된 경기.

첼시는 끝내 세 골을 넣으며 경기를 뒤집었다.

―결국 역전에 성공하는 첼시! 엄청난 반전이군요!

―선수들의 퍼포먼스가 전반과는 전혀 달라졌습니다. 이쯤 되면 감독이 라커 룸에서 무슨 마법을 부렸을지 궁금하네요.

프리킥으로 골을 넣은 앤디가 원지석에게 달려가 안기는 셀레브레이션을 했다.

원지석이 피식 웃으며 그런 앤디의 등을 두드려 주었다.

라커 룸에서 그렇게 화를 낸 사람이 맞나 의심이 들 정도였지만, 라커 룸에서의 일은 거기서 끝내는 게 맞았다.

만약 이후까지 그 감정을 끌고 간다면 정말 불화가 되는 것이다.

「[가디언] 첼시, 역전 끝에 헐시티를 잡으며 21연승 달성!」

「[스카이스포츠] 첼시, 22연승을 달성하다.」

「[런던이브닝스탠다드] 웨스트 브롬위치 알비온을 꺾고 23연승을 달성한 첼시!」

첼시의 기록은 23연승까지 이어졌다.

하지만 다음 경기에서 첼시는 패배하고 말았다.

상대가 강팀이었냐 하면 그런 것도 아니다.

강등권을 허우적거리던 크리스탈 팰리스였으니까.

경기가 끝나갈 때가 되었지만 스코어에는 변화가 없었고, 첼시는 크리스탈 팰리스의 골문을 계속해서 두드렸다.

하지만 축구의 신이 이제 그만 이기라는 듯 단 하나의 슈팅도 들어가지 않았다. 경기 초반부터 골대를 맞은 게 복선이었을지도 몰랐다.

그리고 추가시간에 터진 벤테케의 골.

거구의 타깃형 스트라이커답게 멋지게 넣은 헤딩골이었다.

이로써 첼시는 패배했다.

이번 시즌 첫 패배였다.

「[BBC] 대기록을 깨버린 벤테케의 골!」

「[스카이스포츠] '빅 샘' 효과를 보고 있는 크리스탈 팰리스」

크리스탈 팰리스는 최근 구설수로 강제 은퇴를 할 처지였던 샘 알라다이스를 감독으로 선임했다.

그 효과는 나쁘지 않았던지 조금씩 승점을 쌓더니, 이번에 기어코 승리를 따낸 것이다.

"패배는 아쉽지만 기록이 깨져서 아쉬운 게 아닙니다. 우리는 이제 이번 패배를 잘 추슬러서 다음 경기를 준비해야죠."

원지석의 얼굴은 무덤덤했다.

실제로 경기 후 라커 룸에서도 고생했다며 선수들의 어깨를 다독였다.

전반전이 끝나고 가졌던 라커 룸이었다면 실수를 지적했을 것이다. 그러나 경기 후엔 다음 훈련에서 실수를 고치는 게 나았다.

「[텔레그래프] 제2의 '야프 스탐'의 영입에 근접한 첼시」

한편 겨울 이적 시장 동안 첼시는 계속해서 한 선수의 영입을 시도했다. 원지석이 쭉 원했던 매물인 버질 반 다이크가 그 주인공이었다.

이번에는 어느 정도 효과가 있었는지, 구단과 선수 간의 합의가 끝났다는 기사가 나올 정도였다.

하지만 오는 사람이 있으면 떠나는 사람도 있게 마련이다.

「[오피셜] 스티브 홀랜드, 이번 시즌을 끝으로 첼시 수석 코치 사임」

홀랜드가 이번 시즌을 끝으로 떠나게 되었다.

원지석으로선 아쉬울 일이었다.

그는 감독과 코치진 사이를 이어주는 톱니바퀴 같은 존재였다. 전술 회의를 할 때도 그의 도움을 많이 받았기에 아쉬움은 더욱 컸다.

남아달란 요청에도 홀랜드는 고개를 저었다. 지난 시즌부터 잉글랜드 국대 코치를 겸임하던 그는 결국 국대에 전념하기로 마음을 먹은 모양이었다.

"우리가 영영 헤어지는 건 아니잖아? 당장 전화만 하면 만날 수 있는걸."

홀랜드의 말에 원지석이 웃으며 고개를 끄덕였다.

아쉬움은 남지만 그의 선택을 이해한다.

'그렇다면.'

새 수석 코치는 누구를 써야 할까?

*　　　　*　　　　*

다행인 점이 있다면 홀랜드가 이번 시즌을 마무리하고 떠난다는 거겠지.

그때까지는 새로운 사람을 알아볼 시간이 있을 것이다. 원지석은 조급해지지 않기로 했다.

그래도 아예 놓고만 있을 수는 없어서, 개인 인맥을 통해 사람을 구하는 중이었다.

[글쎄? 딱히 생각나는 사람은 없군.]

무리뉴에게서 온 문자였다.

사정을 말한 뒤 추천할 사람이 있냐고 물었지만, 딱히 소득은 없었다. 이후 알아보겠다는 말에 원지석이 고맙다는 답장을 보냈다.

'천천히 알아보는 수밖에.'

원지석은 다음 경기를 준비했다.

이번 상대는 강등권을 허우적거리던 선덜랜드였다.

리그에는 흔히 생존왕이라 불리는 팀이 있다. 항상 강등이 유력하면서도 끝내 잔류에 성공한 팀을 그렇게 불렀는데, 선덜랜드 역시 생존왕이란 별명이 있었다.

이번 시즌에도 잔류를 하기 위한 생존왕의 노력은 처절했다.

선수 생활의 마지막을 준비하던 저메인 데포가 오히려 부동의 에이스로 떠오르며, 노장의 원맨팀이 되어버린 것이다.

하지만 그런 팀을 상대하는 원지석의 얼굴은 밝지 못했다.

그는 얼굴을 구기며 경기를 지켜보았다.

선덜랜드는 승점 1점이 귀한 만큼 매우 수비적인 역습 전술을 들고 왔는데, 생각보다 수비진을 뚫는 게 쉽지 않았다.

그때였다.

라인 아웃된 공이 원지석에게 향한 것은.

"뭐야?"

그 공을 트래핑한 원지석이 고개를 돌렸다.

선덜랜드의 미드필더인 잭 로드웰이 낭패한 얼굴로 그를 향해 다가오고 있었다.

"우리 볼인데요."

"뭐?"

"히익!"

잭 로드웰의 어깨가 흠칫하는 걸 보며, 공을 주려던 원지석이 이상하다는 듯 고개를 갸웃거렸다.

"왜 그래?"

어쩐지 겁을 먹은 것 같지 않은가.

공을 받은 로드웰이 대답 대신 서둘러 자리로 복귀했다.

역습 상황인 만큼 빠른 경기를 원했나 싶었지만, 홀랜드의 말에 그게 아님을 깨달았다.

"너한테 쫀 거 아니냐?"

"제가 뭘 했다고……."

"인터넷에 네 이름만 쳐도 별 이상한 소문들이 나오잖아."

"설마 그거 때문에 그러겠어요?"

원지석의 항변에 홀랜드와 다른 코치진들이 낄낄거리며 웃음을 터뜨렸다.

폭행 스캔들이 새빨간 거짓말로 판명된 상황임에도 사라지지 않은 게 있었다.

그것은 흉명이었다.

그 기간 동안 퍼진 루머는 걷잡을 수 없었고, 확인할 필요조차 없는 소문들이 원지석을 따라다녔다.

"루머는 루머일 뿐인데."

원지석이 쓴웃음을 지으며 중얼거렸다.

하지만 이윽고 데포에게 골을 먹히는 걸 본 그의 얼굴이 일그러졌다.

"이런 씨!"

히익.

*　　　　*　　　　*

겨울 이적 시장도 거의 끝이 다가왔다.

하지만 잘나가던 반 다이크의 영입은 결국 무산될 수밖에 없었다.

「[텔레그래프] 첼시, 반 다이크 영입을 사실상 포기」

사우스햄튼에선 적어도 900억이 넘는 이적료를 원했던 것이다. 아무리 센터백이 급해도 그 액수에 결국 보드진은 고개를 저었다.

"하아."

원지석도 그 액수에 결국 한숨을 뱉었다.

첼시라는 거대 구단에게도 천억에 가까운 돈은 부담스러워서, 그걸 알기에 이번 이적을 밀어붙일 수 없었다.

차라리 이번 겨울 이적 시장에서 돈을 아끼고, 다음 여름에서 제대로 된 매물을 사는 것도 나쁘지 않은 방법이었다.

반 다이크 영입에 실패한 첼시는 다른 수비수들에게 눈을 돌렸다. 라치오의 데 브라나, 빌바오의 라포르테라든가.

그럼에도 최종적인 협상에 실패하며 수비진 보강은 다음을 기약하게 되었다. 이번 여름부터 자금 사정이 좋아지는 만큼, 반드시 지원을 해주겠다는 약속을 위안 삼아서.

"있는 걸로 해봐야지."

혀를 찬 원지석이 현실을 받아들였다.

첼시는 이제 챔피언스리그 16강을 기다리고 있었다.

상대는 포르투갈 리그의 FC 포르투.

원지석에겐 그리운 울림이 있는 곳이다.

포르투란 도시는 사실상 '축구인' 원지석의 고향이나 마찬가지였다. 그곳에서 축구를 배웠고, 당시 가장 많이 갔던 경기장도 FC 포르투의 홈이었으니까.

이제는 관중이 아닌 적장으로 그곳을 찾는다.

금의환향이라면 금의환향일까.

「[스카이스포츠] 그리운 곳을 방문하는 원지석」

언론들은 원지석이 포르투에 머물렀던 이야기를 기사로 실었다. 물론 구단과 직접적인 인연은 없었기에 별다른 이야기가 나오진 않았다.

FC 포르투는 유럽의 거상이라 불리는 클럽이다.

그들은 값싼 가격에 유망주들을 데려와 성장시키고, 비싼 가격으로 다른 클럽에 파는 정책을 고수했다.

그만큼 스쿼드의 변화가 심하다 보니 조직력의 한계가 보일 때도 있었다. 14/15 시즌에 있었던 30명의 스쿼드 중, 지금까지 남은 선수는 6명일 정도로.

그럼에도 계속해서 꾸준한 성적을 낸다는 것은 어찌 보면 대단한 일이었다. 그만큼 포르투의 스카우트 팀이 굉장하다는 뜻이었고.

원지석은 포르투의 공격진에서 가장 위험한 인물로 야신 브라히미를 꼽았다.

브라히미는 양 측면을 다 뛸 수 있는 윙어로, 드리블 실력이 굉장한 선수였다.

"이 새끼 못 막으면 다 끝나는 겁니다."

수비진에게도 특히 주의할 것을 신신당부했다.

그렇다고 해서 포르투가 브라히미의 원맨팀인 것은 아니다. 공격수도 미드필더진도 자신의 포텐을 터뜨리고 있는 유망주들로 채워졌으니까.

"거기다 골키퍼 이름값이, 워."

현재 포르투의 골키퍼는 카시야스였다.

이케르 카시야스.

레알 마드리드의 전설이자 스페인 대표 팀의 전설.

이제는 선수 생활의 황혼기를 맞이하며 포르투로 이적했고, 최근 보여주는 폼도 좋다는 모양이었다.

"최근 폼은 전성기 못지않다는데."

스카우트 팀이 분석한 자료를 보며 홀랜드가 말했다. 폼을 회복한 카시야스를 어떻게 상대할지 역시 원지석에게 주어진 과제였다.

그리고 마침내 포르투전이 다가왔다.

첼시는 이번에도 442 포메이션을 꺼냈으며, 역시 제임스와 코스타가 투톱을 섰다.

이제는 빅 매치마다 원지석이 높은 확률로 꺼내 쓰는 전술이기도 했다. 다만 오늘은 파살리치를 대신하여 앤디가 중앙미드필더로 이름을 올렸다.

"여기도 오랜만이네."

원지석이 포르투의 홈구장인 이스타디우 두 드라강을 보며 중얼거렸다. 당시만 하더라도 막 신축한 건물이었는데, 어느새 14년이란 시간이 지났다.

경기장은 포르투의 팬들로 가득 찼다.

5만 명을 수용하는 이 경기장은 원정팀의 무덤이라 불리는 곳이었다.

삐이익!

경기가 시작되었다.

제임스가 전방에서 플레이메이커에 가까운 역할을 해주는 만큼, 오늘 앤디는 조금 다른 역할을 부여받았다.

흔히 레지스타라 말하는 그 롤이었다.

수비형미드필더처럼 후방에 위치하지만 수비를 강요받지 않고 좀 더 자유로운 선수.

―아, 앤디가 공을 끌고 포르투 진영으로 달립니다!

페널티에어리어 앞까지 달린 앤디가 아자르를 향해 크로스를 올렸다.

그 패스를 근사한 터치로 받아낸 아자르가 재빠르게 오른쪽 풀백인 막시 페레이라를 따돌렸다. 그러고는 제임스를 향해 송곳 같은 패스를 찔렀다.

　─제임스의 슈우웃!
　─카시야스가 막아냅니다!

제임스가 혀를 차며 몸을 돌렸다.

이미 슈팅 각도를 좁혔던 카시야스가 공을 막아낸 것이다.

이후 포르투의 역습이 시작되었다.

야신 브라히미는 유럽에서도 손꼽히는 드리블러였다. 거기다 피지컬만 믿는 선수들처럼 축구 지능이 부족한 게 아닌, 패스나 슈팅도 적재적소에 하는 선수였고.

그랬기에 오늘 첼시의 왼쪽 풀백은 아스필리쿠에타가 나왔다. 수비적인 강화를 노리겠다는 뜻이었다.

이러한 노력에도 오늘 브라히미의 컨디션은 눈에 띄게 좋아 보였는데, 첼시의 견고한 수비진 사이로 드리블을 하는 신들린 모습을 보여주었다.

결국 크로스를 헤딩으로 겨우 끊어내며 코너킥이 선언되었다.

"와, 미쳤네."

원지석이 안도의 한숨을 내쉬며 가슴을 쓸어내렸다.

수비진이 철저한 대응을 하는데도 무참히 짓밟힌 것이다. 수비를 더 견고하게 할까 했지만, 원지석은 차라리 경기의 템포를 한 단계 높이는 쪽을 택했다.

"쏟아부어!"

템포를 높인 것과 동시에 빠른 공격이 이루어졌다. 포르투의 수비형미드필더인 다닐루 페레이라가 분투했지만 그는 오늘 앤디의 상대가 되지 못했다.

앤디는 오늘 넓은 시야와 정확한 킥으로 캉테와 함께 중원을 장악하는 중이었다.

덕분에 수비 가담이 저조한 브라히미는 고립되어 공을 자주 만지지 못하게 되었다.

"여기! 이 앞으로!"

손을 흔들며 앞으로 뛰어가는 제임스를 향해 앤디가 길게 패스를 올렸다.

등을 지며 주춤주춤 물러서던 제임스는 이내 발을 높이 들며 그대로 슛을 날렸다.

―제임스! 제임스으으으! 골입니다! 제임스의 환상적인 바이시클 킥!

페널티에어리어 모서리에서 찬 슛이 그대로 골문 사각을

향해 휘어진 것이다.

누우면서 골 망이 흔들리는 것을 본 제임스가 피식 웃으며 몸을 일으켰다. 이제 그 특유의 오만한 셀레브레이션은 인터넷에서 화제가 될 정도였다.

"야, 너 패스 좋다."

제임스가 앤디를 향해 무심히 말했다.

표정만 봐선 칭찬을 하는 건지 비꼬는 건지 알 수가 없었다.

"고마워!"

다행히 이 성격 좋은 녀석은 방긋 웃으며 대답했다. 축구를 하며 가장 변한 게 있다면 이런 성격일 것이다. 겁쟁이 소년을 밝고 긍정적이게 바꾸었으니.

이후 첼시는 계속해서 공격을 퍼부었다.

하지만 카시야스의 선방으로 더 이상 골이 터지지 않으며, 경기는 그대로 종료되었다.

"적어도 네 골은 나왔어야 하는 경기인데."

원지석이 아쉽다는 듯 중얼거렸다.

설마 여기서 선방만으로 하이라이트 스페셜을 찍을지 누가 알았겠는가.

그 말에 비행기에 타고 있던 선수들이 헛기침을 하며 고개를 돌렸다. 누군가는 눈을 감으며 자는 척을 했다.

어찌 되었든 2차전까지는 대략 4주간의 시간이 남았다. 이긴 팀이든 진 팀이든 상황을 바꿀 여지는 충분히 있는 시간이었다.

'공격수 영입도 염두에 둬야 하나.'

코스타는 뛰어난 공격수가 맞았다.

하지만 전반기와 후반기에 따라 기복이 있는 편이었다. 이번 경기만 해도 수비에게 막히며 별다른 영향력을 보이지 못했으니까.

'앤디는.'

그래도 오늘 앤디의 새로운 발견은 좋은 수확이었다.

탈압박도 좋은 선수인 만큼 3선에서 경기를 풀어가는 모습은 단연 돋보일 정도였다.

'부상만 아니면 돼.'

이미 앤디는 국가대표팀 명단에 이름을 올렸다. 선수에게나 영광스러운 일이지, 클럽 감독 입장에서야 좋을 게 없는 일이었다.

그리고 다시 찾아온 2차전.

이번에는 첼시의 홈인 스탬포드 브릿지였다.

첼시는 이번에도 동일한 442 포메이션을 꺼냈다.

하지만 결과는 1차전과는 달랐다.

―제임스가 이 골로 해트트릭을 달성합니다!

―자신이 왜 악마의 재능이라 불리는지 사람들에게 각인
시켜 주는 퍼포먼스군요. 엄청납니다!

벌써 다섯 골이었다.

앤디와 아자르가 한 골씩, 그리고 제임스가 세 골을.

역전의 기회를 잡기 위해 공격적인 라인업을 짠 게 포르투
의 실책이었다. 첼시는 그 헐거워진 부분을 집요하게 물어뜯
었고, 이는 점수로 나타났다.

―누누 감독이 고개를 들지 못합니다.

포르투의 감독인 누누가 허탈한 얼굴로 고개를 저었다.

그리고 총합 6 : 0이라는 스코어로 첼시가 8강에 진출하게
되었다.

「[BBC] 누누, 첼시의 공격진은 아주 훌륭했다」

패장인 누누가 제임스를 비롯한 공격진을 극찬했다. 레알
마드리드의 BBC, 바르셀로나의 MSN에 꿀리지 않을 정도로
굉장한 조합이란 소리였다.

오늘 코스타는 골을 넣지 못했지만 두 골을 어시스트하며 좋은 활약을 보였다.

하지만 그 말이 저주라도 된 걸까, 8강 상대로 첼시는 매우 어려운 상대를 만나게 되었다.

「[오피셜] 첼시와 바르셀로나, 8강에서 만나다」

현재 유럽에서도 가장 손꼽히는 공격진을 자랑하는 바르셀로나를 상대하게 된 것이다.

차기 발롱도르라 불리는 네이마르, 신계에서 군림하는 메시, 그리고 득점 기계 수아레즈까지.

현 축구계에서 가장 강력한 쓰리톱으로 뽑히는 MSN 라인을 상대해야만 했다.

"어차피 우승하려면 다 이길 각오를 해야 해."

원지석은 부정적으로 빠지지 않기로 했다.

하지만 이어지는 A매치 기간에서 터진 일 때문에 욕지거릴 내뱉었다.

「[오피셜] 코스타는 부상으로 첼시에 복귀한다」

국가대표팀에 소집된 코스타가 부상으로 쓰러진 것이다.

    *   *   *

물론 선수에게 국가대표란 이름은 자부심을 가질 일이다.

하지만 클럽 감독들은 그렇게 생각하지 않는다.

핵심 선수가 국가 대항전에 차출되면, 제발 몸 성히 돌아오라는 기도 말고 할 게 없으니까.

「[런던이브닝스탠다드] 국가대표팀의 무리한 일정을 비판한 원지석」

원지석은 코스타의 부상에 관해 입을 열었다.

"코스타의 부상이 얼마나 갈지는 아직 모르겠습니다. 지금 정확한 검사를 하고 있으니까요. 저는 대체 무슨 생각으로 이런 일정을 짰는지 모르겠네요."

코스타는 90분을 뛰는 선수였다.

그리고 휴식 없이 국가대표팀에서도 풀타임을 연거푸 뛴다. 평가전이나 중요한 경기에 상관없이.

사실 이건 코스타만이 아닌 다른 선수들에게도 해당되는 이야기였다. 그것을 관리하는 것은 국가대표팀 감독의 일이었고.

스페인의 감독인 훌렌 로페테기가 이에 대해 답변을 해주었다.

"걱정스러운 일이죠. 이런 일이 없도록 최대한 노력하겠습니다. 저희로선 이런 위로를 드릴 수밖에 없군요."

그래도 로페테기는 이 상황을 잘 마무리하려는 모습이 보였기에 원지석도 더 이상 말을 하지 않았다.

문제는 다른 곳에서 터졌다.

「[BBC] 부상을 입은 채 경기를 뛴 아자르!」
「[스카이스포츠] 마르티네스를 비판한 원지석!」

아자르는 국가대표 훈련에서 가벼운 부상을 입었다. 가볍다는 게 말이 가벼울 뿐이지 며칠은 쉬어야 할 부상인데도, 그는 남은 국가대표 일정을 소화한 것이다.

"미친 새끼가."

원지석은 벨기에의 감독인 로베르토 마르티네스에게 전화로 항의를 했다. 하지만 돌아온 답변은 그를 멍하게 만들기 충분했다.

─미안하군요. 아자르의 부상은 저도 슬픕니다. 하지만 국가를 대표하는 선수에게 부상은 어쩔 수 없는 일 아닐까요?

그걸로 끝이었다.

비슷한 말이라도 어조나 뉘앙스에 따라 전혀 다른 느낌을 주게 마련이다. 그의 말에서 느껴지는 건 뻔뻔함 그 이상도 그 이하도 아니었다.

—일이 바쁘니 여기까지 하죠.

그렇게 끊어진 전화를 보며, 원지석은 간만에 열이 받는 걸 느꼈다.

이런 분노는 인터뷰를 통해 가감 없이 표현되었다.

"마르티네스는 자신의 행동에 대해 아무런 책임감이 없어요. 자신의 승률을 위해 선수를 갈아 넣고선, 정작 본인은 나 몰라라 하고 있군요."

이 말은 곧 언론들에 의해 대서특필되었다.

「[메트로] 벨기에 감독과 첼시 감독의 신경전!」

「[데일리 미러] 원지석, 마르티네스는 선수 생명을 위협하는 '살인자' 발언 파문!」

그들은 자극적인 제목을 뽑아 싸움을 부추겼다.

하지 않은 말을 첨부하고, 멋대로 추측한 내용을 덧붙이며 일을 부풀리는 중이었다.

원지석은 그런 기사들을 보며 혀를 찼다.

그는 이 이슈에 대해 신경을 끄기로 했다.

여기서 대응을 해봤자 어차피 또 다른 논란을 낳게 될 게 뻔했기 때문이다.

이것을 마르티네스 역시 인지했는지 다른 대응은 들려오지 않았다. 아니면 대답할 가치가 없다고 생각했는지도 모르고.

마르티네스의 대답이 없자 언론들은 다시 원지석을 물어뜯기 시작했다. 이번엔 햇병아리 주제에 예의가 없다는 게 그 이유였다.

이런 원지석을 비호해 준 것은 다름 아닌 동료 감독들이었다.

"딱히 못 할 말은 아닌 거 같군요."

과르디올라의 말이었다.

친분이 있는 무리뉴나, 마찬가지로 마르티네스에게 선수를 혹사당한 과르디올라가 원지석을 두둔한 것이다.

그 외에도 많은 감독들이 말을 보탰다.

토트넘의 감독인 포체티노나, 리버풀의 감독인 클롭까지.

지금은 은퇴한 퍼거슨마저 입을 열었을 땐 원지석이 깜짝 놀랐을 정도였다.

"그렇게 말할 수도 있지. 지금 상황은 너무 과열되어 있어. 자기 선수를 위해 한마디도 하지 못하면 그게 감독이라 할 수 있겠나?"

스코틀랜드 잡지와의 인터뷰에서 나온 말이었다.

사실 퍼거슨도 국가대표팀 차출에 꽤 거부감을 보인 감독 중 하나였다. 그랬기에 원지석을 이해한다며 두둔하니, 그제 야 시끄럽던 언론들도 조용히 입을 다물었다.

"그분에겐 감사하다고 전해주세요."

―그러지. 안 그래도 영감님이 널 보고 싶어 하더군.

"퍼거슨 감독님이?"

통화를 하던 원지석이 고개를 갸웃거렸다.

그 말에 무리뉴가 웃으며 마지막 말을 덧붙였다.

―간만에 나타난 돌아이라며 좋아하시던데. 와인은 좋은 물건을 사두는 게 좋을 거야.

그렇게 또 한 번의 해프닝이 지나갔다.

이상하게도 요즘따라 언론에 자주 등장하는 원지석이지만, 그만큼 주목을 받고 있다는 방증일지도 몰랐다.

이제 원지석은 챔피언스리그 8강을 앞두었다.

첼시가 지난 시즌 스탬포드 브릿지의 기적을 쓴 것처럼, 바르셀로나 역시 16강에서 엄청난 역전극을 일으키며 8강에 올랐다.

캄프 누의 기적.

바르셀로나는 16강에서 만난 PSG에게 1차전에서 4 : 0이라 는 처참한 패배를 당했다.

3 : 0은 몰라도 4 : 0이란 스코어가 뒤집힌 전례는 없었기에

모두가 바르셀로나의 탈락을 예상했지만, 그들은 기어코 기적을 만들어낸 것이다.

2차전에서 6 : 1로 승리한 그들은 이제 이 기세를 이어가고 싶을 것이다.

바르셀로나의 감독인 루이스 엔리케는 이번 시즌을 끝으로 팀을 떠난다고 못을 박아둔 상태였다. 즉, 유종의 미를 거두고 싶은 만큼 동기부여는 충분했다.

"이게 지금부터 써 내려갈 동화라면, 프롤로그에서 끝내게 해야죠."

장애물 2로 남을 생각은 없다.

원지석의 말에 다른 코치들이 고개를 끄덕였다.

사람들은 바르셀로나의 절대적 우위를 점쳤다. 하지만 첼시의 코치진은 그렇게 생각하지 않았다.

어떤 팀이라도 틈이 있는 법이다.

바르셀로나에게도 그 틈이 있었다.

엔리케 감독이란 틈이.

그는 전술적인 면에서 끊임없이 비판을 받는데, 가장 큰 이유가 MSN이라는 공격진에게 너무 많은 의존을 한다는 거였다.

물론 그 삼인방이라면 그럴 만한 공격진이다.

그러나 너무 심한 의존은 그만큼의 과부하를 불러오게 마련.

이미 이틀 전의 말라가 원정에서 MSN을 로테이션 없이 그대로 쓴 것만 봐도 알 수 있었다.

"이번에도 3313을 쓰겠죠."

원지석이 예상한 그들의 포지션은 캄프 누의 기적을 만들었던 그 전술이었다. 이미 전부터 리그에선 그걸로 재미를 많이 보기도 했으니까.

확실히 새롭고, 위력적인 전술이다.

동시에 실험적인 전술이기도 했다.

원지석은 전술 보드에 이리저리 선을 긋기 시작했다.

오로지 MSN 삼인방에게만 의존하는 전술. 하나하나가 엄청난 선수였지만, 그중에서도 전술적인 키플레이어가 있었다.

네이마르.

차기 신계로 꼽히는 크랙.

그 이름이 보드 마커로 강조되었다.

이 전술에서 왼쪽 측면을 담당하는 것은 네이마르였다. 그가 수비 가담, 볼 운반, 공격까지 하며 왼쪽의 모든 것을 책임졌다.

그럼에도 네이마르의 개인 기량은 이 전술을 굴러가도록 만들었다. 그것만으로 대단하다 싶겠지만, 원지석은 이걸 이용하기로 마음먹었다.

"가시는 길 섭섭지 않게 골 좀 넉넉히 넣어주죠."

원지석이 이를 드러내며 웃었다.

피 냄새를 맡은 투견의 미소였다.

그리고 마침내.

대망의 8강전이 찾아왔다.

역시 바르셀로나는 3313이란 포메이션을 꺼냈다.

공격진은 역시나 그 MSN.

쓰리백은 움티티, 피케, 마스체라노가 섰다.

PSG전과 차이가 있다면, 미드필더에 있는 세르지 로베르토
는 풀백도 뛸 수 있는 선수였기에 상황에 따라 포백으로 변할
수 있었다.

그에 맞서는 첼시에선 442 포메이션을 들고 나왔다.

다만 차이점이 있다면, 코스타의 부상 때문에 투톱으로 제
임스와 앤디가 섰다는 점이었다.

경기가 시작하자마자 첼시는 강한 압박으로 바르셀로나를
조였다. 이번에는 아자르도 적극적인 수비 가담을 하며 AT 마
드리드의 442를 떠올리게 했다.

오늘 첼시가 노리는 선수 중 하나는 마스체라노였다.

그는 수비 실력은 좋지만 빌드 업과 탈압박 능력이 부족한
편이었다.

그런 만큼 첼시는 그를 집중 압박하며 실수가 나오길 유도
했다. 바르셀로나는 오늘 경고 누적으로 나오지 못한, 후방 플

레이메이커 부스케츠를 가장 아쉬워할 것이다.

수비진에서 잔실수가 나오자 가장 고생하는 것은 네이마르였다.

그는 깊숙이 내려와 볼을 운반했는데, 중원과 수비진이 막힌 만큼 내려오는 일이 평소보다 잦을 수밖에 없었다.

바로 이틀 전에 말라가 원정을 다녀왔던 그에겐 체력적으로 더욱 부담이 가는 일이었다.

원지석은 네이마르를 그냥 보내주지 않았다. 킴과 시디베에게 네이마르를 집중 견제하도록 시켰다.

"우리랑 놀자."

"거머리 같은 새끼들!"

네이마르가 공을 이니에스타에게 넘기고 다시 앞을 향해 뛰어갔다. 공격 가담을 하기 위해서였다.

처음엔 티가 나지 않던 이 전술도 슬슬 효과가 나오기 시작했다. 바르셀로나의 왼쪽 측면이 제대로 굴러가지 않게 된 것이다.

그리고 계속된 압박 끝에 마스체라노가 패스 미스를 저질렀다.

단 한 번의 실수.

그러나 첼시에게는 기다리고 기다렸던 기회였다.

—앤디! 앤디가 공을 몰고 달립니다! 그 앞을 막아서는 라키티치!

앤디는 자신의 앞을 커버하는 라키티치를 보며 속도를 줄였다. 바로 패스를 할까 싶었지만, 아직 바르셀로나의 수비진이 촘촘한 만큼 더 흔들 필요성을 느꼈다.

앤디가 공을 왼쪽으로 보내자 라키티치의 다리도 동시에 뻗어졌다.

그때 다시 앤디가 왼발로 공을 반대 방향으로 보냈다. 이제는 즐겨 쓰게 된 팬텀 드리블. 라키티치 역시 그것을 알아챘는지 재빠르게 방향을 바꾸었다.

하지만 공은 그 가랑이 사이로 흘렀다.

상대방이 막아설 것을 예측하고 방향을 바꾼 것이다.

라키티치가 주저앉듯 가랑이를 좁혔지만 이미 공은 빠져나간 뒤였다.

—아아! 라키티치를 돌파한 앤디! 그런 앤디를 막기 위해 수비수들이 나옵니다!

앞을 막아선 건 움티티였다.

이번 시즌 이적한 움티티는 벌써부터 핵심 선수로 자리 잡은 수비수였다. 운동량이 활발한 선수로, 기량이 떨어져 가는 피케를 보조하며 시너지효과를 내었다.

앤디의 고개가 옆으로 돌려졌다.

오른쪽 풀백인 시디베가 거기 있었다.

'제임스는?'

슬쩍 왼쪽을 보자 피케에게 막힌 제임스가 보였다. 하지만 천재와 천재는 말이 없어도 통하는 것인지, 둘은 눈을 마주치자마자 고개를 끄덕였다.

앤디는 그대로 공을 띄웠다.

수비수의 키를 넘어선 로빙 스루패스.

그 공이 향한 곳은 피케에게서 슬금슬금 멀어지던 제임스의 발끝이었다.

─제임스! 제임스으으으! 골입니다 고오올! 앤디와 함께 만들어낸 환상적인 발리슛!

제임스는 슈팅 각도를 좁히는 골키퍼 테어슈테겐을 보며 오히려 그쪽을 향해 슈팅을 쏘았다.

자신의 머리 옆을 스치는 공에 뒤늦게 손을 뻗었지만, 공은 이미 골대 안쪽으로 빨려 들어간 뒤였다.

"이 꼬맹이! 잘했어!"

첼시 선수들이 제임스를 향해 달렸지만 그는 질색하며 도망치기 시작했다. 남들이 보면 웃기는 광경이겠지만 정작 당사자는 진지한 모양이었다.

도주 셀레브레이션을 끝낸 제임스가 앤디에게 다가가 말했다.

"너라면 어떻게든 줄 거 같았다."

신기한 일이었다.

눈이 마주치는 순간, 본능적으로 몸이 피케에게서 거리를 벌리고 있었으니까.

게다가 자신의 의중을 정확히 파악한 패스가 정확한 타이밍에 떨어졌다. 덕분에 오프사이드트랩에 걸리지 않을 수 있었다.

"재수 없는 것들."

옆에서 그 말을 듣던 킴이 퉤 하고 침을 뱉었다.

천재라는 것들은.

―아, 로만 구단주가 박수를 치며 좋아합니다!

VIP석에서 경기를 지켜보던 로만의 웃는 모습이 중계 카메라를 통해 찍혔다.

원래부터 첼시 경기를 자주 지켜보던 로만이었지만, 오늘 그의 모습은 어느 때보다 즐거워 보일 지경이었다.

로만 아브라모비치가 꿈꾸던 팀은 펩 과르디올라의 바르셀로나였다.

공격적이고, 유망주가 팀의 핵심으로 자리 잡은 팀.

그런 바르셀로나를 상대로 팀의 유망주가 멋진 활약을 보여주니 꿈만 같은 순간일 것이다.

그리고 그것을 이루게 한 감독.

자신의 도박수가 잭팟이란 걸 증명하게 해준 감독.

로만은 옆에 있던 마리나에게 말했다.

"경기 끝나는 대로 당장 계약 연장하게. 최소 4년으로."

『스페셜 원: 가장 특별한 감독』 3권에 계속…